王季香 王靜芳
林建勳 陸冠州 合編

麗文文化事業 編印

■ 國家圖書館出版品預行編目（CIP）資料

文藻：現代散文悅讀與舒寫. 一 / 王季香等編著. --
初版. -- 高雄市：麗文文化, 2017.06
面； 公分
ISBN 978-957-748-919-7（平裝）

1.國文科 2.讀本

836 106000542

文藻——現代散文悅讀與舒寫（一）

初版一刷・2017年6月 初版三刷・2019年9月

編者	王季香、王靜芳、林建勳、陸冠州（依姓氏筆劃排列）
責任編輯	張如芷
封面設計	謝欣恬
封面題字	鄭國瑞
發行人	楊曉祺
總編輯	蔡國彬
出版者	麗文文化事業股份有限公司
地址	80252高雄市苓雅區五福一路57號2樓之2
電話	07-2265267
傳真	07-2233073
網址	www.liwen.com.tw
電子信箱	liwen@liwen.com.tw
劃撥帳號	41423894
購書專線	07-2265267轉236
臺北分公司	23445新北市永和區秀朗路一段41號
電話	02-29222396
傳真	02-29220464
法律顧問	林廷隆律師
電話	02-29658212

行政院新聞局出版事業登記證局版台業字第5692號
ISBN 978-957-748-919-7（平裝）

麗文文化事業 定價：200元

序言

這本國文教材獲得教育部105年度全校型中文閱讀書寫課程革新推動計畫經費補助，由文藻外語大學應用華語文系四位教師編纂而成。

本書目標有二：一是使學生深度閱讀本書編選的十二篇現代散文。讓他們藉此審視自我生命的特質，進而體會人本價值的意義。二是提升學生的書寫能力。讓大一學生經由本書的寫作引導與練習，深化其高中時代的書寫能力。

選文上，係基於文藻外語大學培育學生國際觀之需求及「敬天愛人」之校訓精神，環繞於「認識自我」、「愛」與「生活」三大主題。其內容旨在闡釋青春期的生命發展與世界公民素養得以融合的倫理原則。全書一共四大單元。前三個單元依序展現前述三大主題，第四單元從大學教育的目的回歸「認識自我」之議題，呈現物我一體的生命關懷面向。

細言之，本書第一單元「我的來時路——自我生命書寫」，以個人生命歷史的歡欣憂悲，讓學生了解其生命特質，找到啟動生命意義的鑰匙。第二單元「悅親戚之情話——給家人的情書」，內容介紹華人社會對親人之愛的展示方式與倫理特性，讓學生透過與家人對話的機會，重新接上血脈相連的情感臍帶。第三單元「生活停看聽——生活議壇」，導引學生從各種角度觀察環境與社會的共生方式，進而以全球化的視野，思惟社會生活的價值。第四單元「認識自我——大學生身影」，藉由三位事業有成的臺灣大學、臺灣師範大學、淡江大學校友的求學回顧，使學生探索大學教育與實現自我、通德類情的連接點。

每個單元均有寫作引導與活動，包括敘事文（第一單元）、書信寫作（第二單元）、議論文（第三單元）、日記寫作（第四單元）。希望這樣的設計讓學生對散文寫作有不同於高中時期的體驗。

再次感謝教育部對本教材的經費補助，讓本系同仁能在人工智慧（Artificial Intelligence）逐漸運用於書寫活動之際，藉由本書主題式的文本安排與教學活動，重新凝聚本系教師對中文閱讀與書寫課程的使命感。也因為教育部的這項計畫支持小班式教學，改善了多年來大一國文課程的一些問題。至於教育部計畫辦公室舉辦的多場研習活動，讓文藻計畫團隊在課程設計與教學活動上，吸收了許多與時俱進的觀念，在此一併感謝。

陸冠州

謹識於文藻外語大學

目錄

第一單元

我的來時路——自我生命書寫

主題：認識自我

➲教學目標

1. 透過閱讀方瑜〈項羽——超級明星〉，了解一個人的性格對自我命運的影響，從中學習轉化缺點，擦亮優點。
2. 透過閱讀簡媜〈密語之四〉，了解「自我回溯」與對話式的自我書寫。藉由你、他與我，現在與過去的隔空對話，凝視孕育生命過程，回歸生命的源頭，體會生命的艱難與莊嚴。
3. 透過閱讀季季〈暗影生異彩〉，體會生命再痛苦幽暗，都可以在不斷的面對與反思中，堆出心靈的沃壤，在生命的暗影中閃現人生的異彩。
4. 藉由「回首來時路」作業，讓學生能從自我的生命書寫中，與過去的自己重逢、與歷史接軌，進而悅納自己、肯定自己，建構出屬於自己積極正向的人格特質與人生態度。

➲課程規劃說明

「認識你自己」相傳是刻在德爾斐的阿波羅神廟的三句箴言之一，據說蘇格拉底曾深獲啟發，而先秦的老子也曾說：「知人者智，自知者明」。本單元「認識自己」乃以現代文人作家自我書寫的文本為資糧，啟發同學嘗試透過「我的來時路」的自我書寫凝視生命。

〈項羽——超級明星〉透過戲劇的立場，超級巨星的角度，深入淺出演繹項羽睥睨一世的英雄悲慨。作者傾其筆力凸顯「只看見自己」、「剛愎自用」的性格，死亡當前也一往不悔，任情瀟灑，終而「失去了江山，卻贏回了自己」。所謂「性格決定命運」，洵不虛言。

〈密語之四〉藉由雙線結構、兩種筆趣，書寫孕生嬰兒的期待與忐忑心路。一線是如實記錄新生兒出生的過程，淡筆濃情，語多關懷與期待；另一線「密語」則是以追憶方式，潛入友人未婚懷孕墮胎的私密世界，語麗而情悲。兩線隱顯互見，對比出生命的蒼涼與喜悅。在在訴說生命的祕密是：發乎情，始於欲，卻要成於愛，終乎信。

〈暗影生異彩〉則以鄉村垃圾由腐臭的堆肥化為沃土的過程，借喻人生磨難的透悟與靜定。看到作者如何走過生命幽谷，活出尊嚴，挺立生命的價值與意義。

這三篇看似獨立，其實相互關連，觸發學生感知、探索自我生命。尤其透過本單元所設計的「問題與討論」、「寫作引導」、「活動與作業」等項目，將有助於學生在互動學習中面對生命存在的情境、生命歷史的歡欣憂悲，進而更了解自我的特質，找到啟動生命的鑰匙。

➲閱讀文本

1.〈項羽——超級明星〉／方瑜

演技可以培養訓練，但明星卻多半要靠天稟，只有很少人是天生的超級巨星！不論他們有多少瑕疵缺失，只要一亮相，立即散發出震懾全場的魅力，觀眾要看的就是他，眾星黯然，無可取代，他是全天空最輝耀的明星！德國社會學家韋伯提出的Charisma人格，庶幾近之。

每次重讀楚漢相爭的連場好戲，總覺得項羽正是當時並世雄傑中最亮的「星」！從二十四歲登上歷史舞台到三十二歲自刎烏江，項羽將足夠燒完長長一生的光與熱，集中在這短短八年中焚盡。就是這種一點不節約能源、往而不悔、縱情揮灑的豪奢，讓當時、後世的「觀眾」都目眩神迷，心魂俱醉！

如果以取得帝位為唯一目標，那麼，在整個「逐鹿」過程中，項羽確實犯下許多錯誤。首先，他完全沒有知人之明。太亮的星星，往往都只看見自己，而不見周邊眾星的閃爍。以至於他先後放走了戰場上絕世的天才——韓信，智計深沉、陰謀第一的陳平。更得罪了運籌帷幄、洞燭機先的第一等人物——留侯張良。最後連解鉅鹿之圍的先鋒勇將英布也叛離而去。這些一時俊傑，全都投到劉邦麾下，項羽日後處境之艱危可想而知。禍不單行的是他又一連串犯了不可挽回，決策性的大錯：由於情報不靈，在新安坑殺了二十萬投降的秦卒；率爾分封，沒有老實不客氣併吞天下，結果「分肉不均」，分到的挑肥揀瘦，擇大嫌小，沒分到的當然更氣憤難平，興風作浪，從此永無寧日。項羽自己由於一縷鄉愁，深植血脈，縈心牽繫，難以或忘，竟不惜犯兵家大忌，拋下關中膏腴形勝之地，非要衣錦還鄉，在父老之前表現一番，遂不得不逼遷義帝、擊殺江中，給予劉邦併吞三秦的良機、興兵東來的藉口。但項羽在屢犯「州鐵難鑄」的大錯之餘，竟然單憑自己一人昂揚的生命力，在其後四年楚漢相爭的過程中，幾乎每次都占盡劉邦集團的上風，此子之不凡可見！

當年讀史至此，不禁掩卷長歎，歎息項羽之剛愎自用，大業不成。近來，年歲日增，少年銳氣，洗磨略盡，別有會心。記得卡萊爾在他的名著《英雄與英雄崇拜》中曾說：「重要的不是一個人有多少麩皮，而是他有沒有麥粒。」項羽誠然麩皮甚多，簸揚不盡，可是，他卻以自己獨特的人格與生命歷程，孕結出一顆飽滿圓實、碩大無朋的麥粒。一如太陽的光芒掩盡了星體上無數的「黑子」，長空仰望，只見白熾光華，璀璨耀目！就歷史成敗而論，項羽失了江山、帝位，但就人格的完成而言，項羽卻成了悲劇英雄的典範。

史遷卓識，不以成敗論高低，他為項羽寫「本紀」，並置於〈高祖本紀〉之前。筆力扛鼎、悲歌慷慨，是史記中最出色的文章。高祖本紀引神鬼之說頗多，不怕死的韓信也直指劉邦「陛下殆天授，非人力也」！但項羽本紀從頭到尾，沒有異兆、沒有祥瑞，沒有白蛇、赤蛇……只有一個「人」！他身長八尺，高視闊步，縱橫馳騁，從登場到結束，舞臺上下左右的聚光燈全打在他一人身上，他是主角中的主角，沒有任何配角能搶他的戲，分他的光！只見他「喑噁叱吒，千人皆廢」；烏騅絕塵，一日千里；斬將搴旗，目無餘子；咸陽一炬，宮殿成灰！也見他為天下百姓早息戰禍，單挑劉邦，嚇倒樓蘭；鴻門宴上，渾忘敵我，不理范增舉玦的暗示，不管項莊舞劍的意圖，只知盛讚生豕肩樊噲的勇力！戰場上殺人無算，卻偏為部下士卒的疾病，「涕泣分食飲」，平時待人接物更是「恭敬慈愛，言語嘔嘔」；平生不聽人言，卻會為外黃一個十三歲小兒的勸說，就饒了一城性命……這點點滴滴片羽吉光，千載而下，如聞其聲，如見其人。然而，史遷項羽本紀最精采的部分仍在最後，垓下之圍、夜飲悲歌，到烏江不渡、割頭贈友，這終篇的樂章真是眾音競響，激越昂揚，為項羽悲劇英雄的畫像點了睛！

「項王軍壁垓下，兵少食盡。漢軍及諸侯兵圍之數重。」就在四面楚歌、八方風雨之際，司馬遷讓項羽的女主角出場！一帳之外，金戈鐵馬，殺氣干雲，帳內卻有如此淒惻纏緜的場景。子長的如椽巨筆，實已臻及縱橫輝灑，無不如意之化境。項王的深情，借一闋悲歌，流露無遺。面臨生死旦暮的困境，他擔心的不是自己，是至愛的虞姬。而虞姬在舞袖翩躚之際，毅然引刀自決，讓項王沒有後顧之憂，可以放心突圍而去，更是出人意表之舉。史遷寫虞姬之死，用的是曲筆，項王此時的淚水，真足以鑠石熔金，震動九天十地！一個強者，一旦洩漏人性軟弱的一面，其震撼人心的巨力，實難抵禦。在如此巨力之前，凡人不由得會畏懼震怖，心魂無主，此所以當時帳中諸降皆泣，「莫能仰視」。項羽、虞姬生死不移之至情，實在已足糞土王侯。相形之下，劉邦暮年和戚夫人相對而泣的場面，未免如螢火之對皎日了！

如果劉邦是命定的天子，那上天為什麼要給項羽開這麼大的玩笑？在漫天蓋地而來宿命的網羅中，項羽不甘心更不明白！他用全生命之力吼出「此天亡我，非戰之罪」，正是千古無數悲劇英雄與宿命抗爭的心聲！這是一場註定不會贏的仗，沒有人強得過命運。但項羽決心戰到最後一刻。從這時候起，史遷的銳筆開始觸及項羽心底最深暗的角落，所有後天習得的束縛都以剝除，一向如同「作秀」，他的武勇巨力，千里名駒，再配上「最佳音效」，只要他登場，敵人一定「人馬避易」，就是這麼簡單，根本用不上什麼兵法陣仗。「八載縱橫，七十餘戰，所當者破，所擊者服，未嘗敗北！」如今，在「網羅」即將收緊的剎那，項羽連對部下說的話都像「做個人秀」的臺詞了：「今日固決死，願為諸君快戰，必三勝之，為諸君潰圍、斬將、刈旗。令諸君知天亡我，非戰之罪也！」表演需要觀眾，項羽此刻雖然只剩二十八人，但這二十八人全是忠心耿耿的「項迷」，所以，項羽發揮最大潛力，表演得酣暢淋漓。潰圍、斬將、刈旗三個節目，一一圓滿演出之後，他還要問「觀眾」演的如何，「騎皆伏曰：如大王言！」真不知此時此際項羽心中真正想證明的是什麼？證明他確實會打仗？證明他敗得不甘心？還是要證明「天道無親」？

最後，到了烏江。烏江亭長有條小船，在當時不啻是救命的方舟。項羽可以渡，可以不渡，這是生與死的抉擇。如果渡江，「江東子弟多才俊，捲土重來未可知」，「不知有漢，無論魏晉」，也許歷史就要改寫。然而，史遷用盡心力描繪的項羽「畫像」也就功虧一簣！天地無聲，諸神默默，等待項羽最後的決定！果然，項王說：「天之亡我，我何渡為！」這是石破天驚的獅子吼，是對造化所吐不平之氣，也是悲劇英雄必然的抉擇！他拒絕了生，選擇了死。他要打明知打不贏的仗，絕不逃避。他可以被人愛、被人恨，卻絕不受人憐！大仲馬筆下的基度山在那著名的一章《夜》中曾說：「在我決心報仇的那天，為什麼不先把我的心挖出來！」項羽的致命傷也在此。八千子弟，橫屍戰場，無一孑遺，無辜百姓，因楚漢二人之爭，流離失所，暴骸骨於中野，項羽都深愧於心。劉邦是沒有心的，也許原來有心，但早已被重重硬殼包裹得不留一絲縫隙。所以，為得天下，他可以不要父親，不要子女，至於功臣功狗，當然更不足論！項羽任情潑灑的是年輕人一往不悔的青春之力，劉邦斤斤算計的則是中年人成敗得失的機心。項羽和劉邦相爭，怎麼會贏？然而，悲劇英雄自身都蘊有自毀的因子，別人殺不死他，能致他於死地的只有自己！所以，項王雖然已「身被十餘創」，仍然沒有人敢殺他，他自刎而死。最後的遺言是：把人頭送給追兵中的「故人」，成全他去領那千兩黃金、萬戶侯的賞格。這真是勘破生死的瀟灑！他失去江山，卻贏回了自己。項羽縱然死有餘憾，但缺憾也已還諸天地！

（選自《中華現代文學大系——散文卷》。臺北：九歌，2009）

➲作者介紹

方瑜（1945-），江蘇省儀徵縣人，出身書香世家，幼承家學，善於吟詩作詞，臺灣大學中文系碩士，目前為臺灣大學中文系兼任教授。學術專攻中國文學，尤長於中國詩學與小說。雖嫻於中國古典美文，同時接觸許多西方文學作品，兼擅翻譯並援引西方理論與技巧分析中國文學。其創作文類有論述和散文。著有《交響的跫音》（與李永熾合著）、《昨夜微霜》、《織工》、《鏡裡奇遇記——鏡花緣》（編撰）、《回首》、《陶杯秋色》、《書與你》（譯作）、《馬爾泰手記》（譯作）、《戇第德》（譯作）等。其散文作品感性強，深具直觀力，往往有深刻的自我挖掘。曾自稱她敏感脆弱的心思，是需要不遺餘力保護的「淨土」；而濃郁的文辭正是掩護這塊淨土的手段。她的伴侶兼知音李永熾（歷史系教授兼翻譯家）說：「讀者如果能撥開文詞之美窺見其內蘊，就會發現『有種無可奈何的實存感在呼吸。人生的迷惘，內在的無法超越，處境的無路可通與時光的瞬息流逝，都從那濃郁秀麗的文辭』中泛溢出來。」（引自《交響的跫音》李永熾序言）因此，本單元所選的〈項羽——超級明星〉，方瑜取鏡太史公，不從外在的事功成敗論英雄，而直就其動人心魄的性情落筆。愛重的正是項羽需要不遺餘力保護的「淨土」——那種「失去江山，卻贏回了自己」的直接感動吧！

2.〈密語之四〉／簡媜

只有失去嬰兒的人才懂，傷口即使結痂了，裡頭還包著鹽。

「失去」的種類很多，流產、早產兒是最常見的，現代醫學也擋不住，盡了力還是失去。於是，那位躺在床上養身體的「母親」望著天花板沾灰塵的小燈球，耳邊聽到外頭小孩遊戲的聲音，床邊擺著安慰者送的花束與水果，眼淚簌簌而落。

這一落，人生到了雨季。

豐子愷在〈阿難〉一文，寫著：

「往年我妻曾經遭逢小產的苦難。在半夜裡，六寸長的小孩辭了母體而默默地出世了。醫生把他裹在紗布裡，托出來給我看，說著：

『很端正的一個男孩！指爪都已完全了，可惜來得早了一點！』

我正在驚奇地從醫生手裡窺看的時候，這塊肉忽然動起來，胸部一跳，四肢同時一撐，宛如垂死的青蛙的掙脫。我與醫生大感吃驚，屏息守視了良久，這塊肉不再跳動，後來漸漸發冷了。唉！這不是一塊肉，這是一個生靈，一個人。」

一個小小的人，莫名地被命運之神取消旅程，告別了準備迎接他的家人。

永遠永遠，做「母親」的記得這個差點就握到手的小小孩，在心裡造一座溫暖冥府，看護他（她）長大。

沒見過面就失去的，是另一種痛，譬如墮胎。

在女人的情愛生命中，墮胎經驗如同大白晝遇到惡徒，被擄至黑暗洞穴綁在冰雕的大十字架上，得靠自己的體溫去融冰才能獲救。然而，即使下得來，背脊也是一輩子發冷。

男人與女人怎能平等？愛情是以女人的身體為戰場，孕育與誕生的苦痛都在女人身上啊！

我想起那一年，杜鵑與流蘇盛放的季節，她的臉彷彿被鹽水浸過。

我們才十九歲，青春熾烈得足以供應幾場華麗冒險，然而站在現實面前，從頭到腳還是一個「嫩」字。她與我同修一門旁系的課，又同一棟宿舍，自然熟稔起來，常常同進出。後來，有個男生現身了，如同所有的大學校園羅曼史情節，他們很快成為形影不離的鴛鴦蝴蝶，一起出現在總圖、東南亞電影院或龍潭豆花店裡。

好長一段時間沒見到。忽然有一天，上課途中看見一個熟悉背影，坐在杜鵑花叢旁草地上，垂頭把自己抱得緊緊地，輕輕晃著。

我喊了她，走近。

她沒答，頭仍舊壓得低低，身體不晃了。我蹲下來，問她怎麼了？豐碩的杜鵑花叢好似在喘息，嬌美之花一朵接一朵開著，人一碰，露水紛紛滴落。

「怎麼了？」我又問。

難以忘懷那張佈滿涕淚的臉，不僅失去十九歲的青春色澤，更浮現枯槁與蒼白。

她說不想活了，想從宿舍頂樓跳下去，腦海憶起在鄉下種田的無辜父母，卻怎麼也跳不下去……。

說完，痛哭失聲。

就在那一天，我開始瞭解女人在情愛與情欲面前，既不老謀更不懂得深算。花了大半光陰從青春學到老，可能只學會使自己「傷得比上回輕」。

愛，難道不包括「不讓對方受傷」？不包括共同承擔苦痛、幫對方分解委屈？

她吞吞吐吐，終於說：「剛拿掉一個小孩，三個月大的小小孩。」

歡場區附近一家位於二樓的小診所，髒兮兮的木板樓梯，她說，上上下下爬了三次才鼓起勇氣推門進去，一進門看到一排大玻璃罐內泡著小胚胎，像雜貨店的糖果罐，罐上標著月份。「三個月……，這麼、這麼小！」她伸出手指比著，淚流滿面。

從診所回來幾天後，男友留了字條，說彼此個性不合，決定分手。她不吃不喝，發瘋似的找他，這人不見蹤影。

沒有力氣活，想站起來都好難，她說，拿掉一個小孩，怎麼可以……，可是我真的「殺」了自己的小孩……！

男人的身體是海，船過水無痕；女人身體像土壤，精密得連一瓣花落，猶似墜樓人。

我們同聲而哭，躲在杜鵑花叢深處，為一個小小的、小小的生命。

嬰靈是自由的吧，那麼，在那個杜鵑與流蘇盛放的季節，小小嬰應該有力氣躺在花叢間，吮吸自己的拳頭，看到兩個小女人全心全意呼喚著他。

失嬰之傷並未隨時間淡化，好似一種奇妙迴聲，只有女人聽得見；那細細、竊竊的微音，可能藉由三兩隻郊野粉蝶的搧翅而出現，或僅是月光，浮在水面的月光，讓女人想起她的小小嬰。

畢業那年，農曆七月，她在路邊招了計程車，坐上沒多久，發現司機一直從後視鏡瞟她。

「有什麼事嗎？」她鼓起勇氣問，當時是大白天，她諒他也不敢妄動。

她向我轉述這段經歷時仍然驚魂未定，慌得流下眼淚。她說，司機先試探性地猜她的家庭狀況，約略都對。後來，直截了當問：「妳拿過小孩對不對？」

她吃驚，聲音發抖，問：「你怎麼知道？」

司機說自己從小有陰陽眼，能看見別人看不見之事物，「剛才你開車門，有個三歲小孩跟妳一起進來，現在坐妳旁邊。」

她說她立刻覺得車內陰涼起來，可是心頭感到一絲溫暖，小小嬰來找媽媽了！她鼻塞眼濕，強忍著，問司機最後一個問題：「男的還是女的？」

「女孩。」

她說，可憐的女兒，在那邊一定沒人疼才來找媽媽，可憐的女兒！可憐的女兒！

那時，我們也不過二十二歲啊！

有一年到日本旅行，無意間發現供奉嬰靈的小廟，每個小泥偶代表一名仍被父母記憶的小孩，總有一兩百個，聚在一起不但不陰森反而有溫暖的世間趣味，彷彿永不放學的幼幼班，地藏王菩薩充當褓姆，每天都發糖果餅乾。

我添了香油錢，祝福每個小小孩。後來，還寄一張照片給她，特別說明也祝福了她的小小孩。

這麼多年過去了，我不知道遠嫁約翰尼斯堡、擁有熱熱鬧鬧幸福的她如何回想那年的故事？

她會望著非洲大草原的落日，掐一掐指頭數，遐想千里之外某一叢杜鵑花旁站著她的亭亭玉立的女兒，而紛飛的流蘇像霧？她是否還記得十九歲時，她哀哀欲絕卻仍以一個「母親」的堅定口吻說：

「不管以後……我活還是死……有沒有生小孩……他永遠是我的第一個孩子！」

算數的，只要曾在子宮裡住下來，即使只有一個月，女人也會以母親的愛收容他、記憶他、思念他，緊緊擁抱他。

這苦苦的愛，像一把射向宇宙腹部的箭，驚動，遂有了流星。

6. 想像我們躺在暖暖的海洋裡

按照預產期，「搖錢樹」應該是雙子座的，但他有意見了，不出來就是不出來。（最後一周產檢時，醫生看著我那增加了二十二公斤的「大霸尖山」，以堅定的口吻說：「絕對不會超過預產期，快了快了，就這兩三天，我保證！」）

看過幾千顆肚子的醫生，也有測不準的時候。畢竟，每顆肚子自成小宇宙，小霸王們也各有各的律法。

那些把預產期記在日曆本的朋友紛紛打電話：「有沒有動靜呀？是不是快了？開始痛了沒？」

「痛你的頭啦！」我說。

「大霸尖山」非常平靜。

過了預產期一天、兩天，還是沒消息，我覺得我們「母子」需要懇談一下：「你怪媽媽只顧寫稿沒帶你去散步對不對？還是……，你想過端午節、吃完粽子再出來？好好好，我們現在就去吃粽子，三個夠不夠？」

過了端午節，還是沒動靜。我安慰自己，預產期前後兩周內出生都算正常。只不過，醫生已預測小傢伙約重三千五百克，若再「吃」十來天，那……那要怎麼生呀！

我是「自然生產」信徒，除非醫生判斷有生命危險之虞，否則絕不剖腹。我對某些產婦以怕痛、擇時辰及其他不相干理由而要求剖腹的作法很不贊同。生產一定是痛入筋骨的，然而這種痛也一定在人類能承受的範圍內，否則，演化法則早就淘汰這種生產法，改在女人的腹部長一條縱向的「拉鍊式肌肉組織」，只要輕輕一拉，小嬰兒即自行鑽出，如坐法拉利敞篷跑車。而坊間所謂算命擇時辰出生的更是無稽；其一，命數應在生命著床的那一刻決定，這時間無法更改；其二，若社會提供的大環境是惡質、貧瘠的，一個擁有「富貴雙全」之命的孩子能有什麼發揮？況且，小生命若落入不尊重兒童成長權利、鎮日火爆爭鬥的父母手裡，不需命理師，誰都能判定這孩子「歹命」——即使他的出生時辰經過精挑細選。

通過那一條黑暗、狹仄的通道，對母親與嬰兒而言都是驚天動地的。因為母子緣份與生命是這麼難得，必須以巨大的痛來啟動、銘記。只有痛才能表達喜悅的極限，才能攫住在幽幽夜空中飄蕩了億萬年的那份「真實」。

再不生，有三路人馬會發瘋：婆家、娘家及媒婆兼小傢伙的首席乾爹林和，尤其林和，他緊張得只差沒叫我們攜帶睡袋去醫院門口露營，免得小孩在停車場出生。孩子爸爸向來沉穩，被他一搧動，也心浮氣躁起來，甚至思考要不要去住飯店，萬一半夜有動靜可以在五分鐘內趕到醫院；或者，去學怎麼接生，萬一我在車上肚子痛而正好碰到可怕的塞車。

「你自己看著辦！」我用指頭輕輕彈肚子，跟小傢伙說：

「選個不是半夜、不是假日、不塞車、不下雨、不停電、不是很多寶寶出生的日子，舒舒服服地出來見世面吧！」

這一天終於來臨。

凌晨三點，我起來如廁，發現落紅，緊張又興奮地喊醒他：「去醫院，要生了！」即刻叫無線電計程車往位於東區的醫院。天色仍暗，一路車輛稀少，偌大的都市像沉睡中的巨靈，平安、寧靜，甚至散出淡淡香味。他緊緊地握著我的手，我以手托住渾圓的肚子，時而拍拍它，在心裡唱歌給小傢伙聽，以意念告訴他：「要勇敢喲！今天是你的大日子！」

到了醫院，直奔產房。裡面空蕩蕩地，一位值班護士走來，我以權威的口吻告訴她：「我要生了！」她要我躺上待產台作檢查，很洩氣地告訴我：「早呢，只開一指不到！」接著是很多產婦經歷過的：被趕回家！

「可是……可是……我……天這麼暗……要是一回家又有狀況……不能讓我在這兒待產嗎？……」這也是很多產婦經驗過的。

又叫無線電計程車，回家。天色仍暗，這城市還在打鼾。

白跑一趟，我才想起肚子還沒開始痛呢。平日看書看熟了，各種產兆都會背，沒想到一緊張全給忘了，自覺十分漏氣，回家後突然盹得很，倒頭便睡。他也跟著補眠，決定不去上班，看樣子今天會有動靜的。

早上十點鐘，開始肚子痛，不久即把早餐吐出來。知道怎麼回事，倒也不慌，按部就班，洗澡洗頭，免得產後頂著一頭油麵。陣痛產生的過程頗奇特，似有一股移山倒海的力量在體內慢慢滑動；此處要有山，便成山，此處要有海，便成海。然而整個人已站不住了，一面躺在床上輾轉反側，一面聆賞麥斯基演奏巴哈大提琴奏鳴曲，追隨和諧典麗的音樂，讓音樂的力量導引身心，一寸寸舒緩下來，任由痛自行運轉，形成規律，漸次密集，終至強悍。當此時，我忘了所有，事件、細節、記憶、情緒，完全失去，只剩樂音，如微微山風吹過原野，吹拂生生不息的宇宙；只剩陣痛，如遙遠山谷傳來原始部落擂鼓的聲音。

中午，吃不下任何東西，我要他去買一瓶雞精，這一戰需要體力，必須補充營養。午後，我告訴他（仍然有點心虛）：「好像應該去醫院了！」他看了看天色，怕太早去又被趕回來，提議：「等下過大雨再去！」初夏天空每日產一枚大雷，陣雨滂沱。

我說：「該去了！萬一來不及……！」

叫計程車奔赴醫院，天空宛若大軍壓境，是快下雨了。這回，護士沒趕人，的確是「狀況很明顯」了。她們說，頭胎有這種速度，算是「很優秀」的。

躺在產台上，痛已達到欲崩欲裂階段，監測器測量胎兒狀況，小傢伙的心音如迫不及待的雷鳴。這一戰開始了，我在心裡喊他：「媽媽在這裡，我們一起打這一戰！」孩子的爸爸已電告諸親，並請他們不必趕來醫院。窄小的待產室僅以布幔隔住，前後無人，但遠處那間應有人待產，不時傳來尖叫、哀吼、怒斥、咆哮，我不得不借用這麼囉嗦的形容詞描述她的哭喊，那聲音於平日聽來已十分刺耳，更何況我也身陷「產境」，聽來如萬箭齊發。才發覺自己不會叫，一波波的痛襲來，頂多大口呼氣，啊唷兩聲。也許一向情感壓縮慣了，不擅尖聲發洩吧！

他搬把椅子坐在台邊，除了幫我擦汗、搧熱，一面注意監測器上的變化，一面看書。

我問他：「看什麼——書呀？」力氣似乎持續減弱。

「就……那本書嘛！」他說。

一本寫給男人看的書：《伴她生產》，鄭丞傑醫師著。買來大半年，他都沒看，這節骨眼才臨時抱佛腳。

問他：「現在看有什麼用？」

他的說法也很有道理：「知道妳會碰到什麼狀況，我比較放心！」

這麼說，我得控制速度，要是我一咕嚕生好了，他就不必看書，那豈不白買了。主治醫師來過，他認為照這種優秀運動員式的速度看，傍晚五、六點鐘就會生。此時，離我進醫院已兩個鐘頭，心想再忍一個多鐘頭即可結束，氣力立刻攀升。母親帶著八歲的小侄女來，她們掀開布幔進來時，我正面臨一波痛潮，看見她時，下意識覺得這張熟悉的臉好蒼老，彷彿自小在上面跑跑跳跳的山丘、田野，怎麼一下子荒起來。她一定看見我那因痛而漲紅、扭曲的臉才露出焦慮神情，卻使我不忍起來。

「阿母，你回去……！」我有氣無力地說。

外面下好大的雨，小侄女吱吱喳喳地說。適才，她一進來就問：「大姑姑，妳怎麼了？」聲音透著驚慌、害怕。我提起精神回答：「我在生小孩，會痛！」她才稍為放心。

母親與小侄女被我趕出去，到產房外等候。看見她，讓我份外難受。母親再怎麼疼惜女兒，也無法代替她承受生育的苦痛與風險。好似半空中有一條名為「母親」的軌鏈，三十五年前，她借由自軌鏈垂下的一縷絲繩，挺著大肚子向上爬，生了我，成為軌鏈上的一員。如今，她坐在軌鏈上，看她的女兒也挺著渾圓大腹扯住一縷絲繩在空中左右晃動，上不去下不來，必然心急如焚。趕她出去，就是要她掩耳摀臉，不看不聽，萬一──我掉下去了，那景象才不會印入母親的眼睛。

十分鐘不到，母親又進來，一聲聲喊我的乳名，如同小時候向黃昏四野喊我回家般，臉上更是一堆愁容。

「耐也按呢？這麼難生！醫生不是說快生了嗎？耐也一直開四指？我看去開刀好啦！」她喃喃自語，慌亂起來。他站在一旁，也是臉色黯淡、表情嚴肅。護士教了我幾招「用力」技巧，我照著做，她卻說我「用錯力」了，壓力無法往下，反倒把臉弄得絞毛巾似地。時間已過六點，最後這一階段的產程陷入苦戰，肚子還挺得高高地，表示胎兒根本還沒往下降。催生針打了，羊水也被護士戳破了，胎兒還是下不來。

痛，一次比一次強悍，仍舊沒看見胎頭。

母親匆忙出去，她說去打電話，請阿嬤再向神明、祖宗祈求，保佑我平安生產。

「生得過，麻油香；生不過，四塊板。」這句民間俚語忽然竄入腦海。在貧困年代，生產確是玩命之事，誰也無法保證母子安然度過。即使到了現代，醫學力量監控整個孕期、產程，然而難產仍時有所聞。身邊的朋友已出現兩例，都是母子死在產檯上。產房外的爸爸，原本滿心歡喜等著擁抱妻子、嬰兒，卻被告知得準備一大一小的棺材……。

人間苦，莫過於此。叫這遭逢霹靂的丈夫如何活下來！如何活下來！

看著他，我心亂如麻。痛楚夾雜恐懼已達昏厥邊緣。稍為清醒時刻，我看著他那不知所措的神情，極度不忍起來。心想，若我過不了這關，他如何受得住重擊？我們相識不滿一年，也尚未過結婚周年慶呢，如果我走了，那麼上天未免對他太殘酷。而一落地就失去母親的孩子，一生暖得起來嗎？

不可以！我在心裡喊，絕對不可以！

彷彿看見娘家公寓裡，幾近失明的八十多歲老阿嬤，拄杖從臥室慢慢走到客廳，拉開神案抽屜，數了幾炷清香，點燃，為我虔誠地向天公、神明、祖先祈求。從小，每逢家人遭遇艱困或深陷于生死交關之處，她便持香磕拜，向神乞求、許願、申訴，盼望兩字——「平安」。我幾乎可以聽見她那低沉、急切且透著哀求意味的聲音，重複呼喚我的乳名，深怕神沒聽清楚似的。最後，她會許諾，若讓她的孫女順利生產，母子平安，屆時出院回家一定親自抱著嬰兒二跪三拜，叩謝天恩。

在盆地南方邊緣，我也彷彿看見七十多歲的公公、婆婆，為我默默禱告。願上帝的恩惠及於他們的媳婦與孫子身上。

家就是一堵牆吧！朋友總是後來才趕到，家人則一直守在現場。

每當子宮強烈收縮，痛，如撕肉裂骨。奇怪的是，我似乎產生最大的包容力，適應了那痛。我讓自己靜下來，全心全意喊我的小嬰兒——他被困在一隻出口太小的堅韌皮囊裡，衝撞不出。

我對他說：兒子，想像我們躺在夏日暖暖的海洋裡。媽媽牽著你，無需掙扎，跟隨自然律動，讓海水輕輕搖晃我們的身體，忽左忽右，望著天空流雲，以及路過的鷗鳥。

想像觀世音菩薩，稱誦她的法號如呼喚一位老鄰居。想像她的眉，一彎新月映入湖中，又有一彎。想像觀世音菩薩的眼，萬頃悲歡盡收眼底。想像她手中的楊枝，柔柔軟軟，拂過媽媽與你的身體。

我們一定要見面，兒子！一定要見一面！

母親與小侄女把護士們弄得快煩死了。我一痛，小侄女拔腿就去叫護士，大呼小叫的，彷彿什麼緊急事件，護士不來巡一下也不行。到後來，護士開始用較不客氣的語氣怪我「不會用力才生不出來」。母親則三番兩次央求她們趕快叫醫生幫我剖腹，她以生過五個小孩的資深產婦口吻「提醒」她們：「我女兒年紀也不小了，生不出來就給她剖腹嘛，你們一直要她自己生，生這麼久了還在生，萬一有什麼問題來不及……！」

說不定就是靠她倆的纏功，護士才速速「解決」我這個「不爭氣」的產婦。

大約七點鐘，我被推入真正佈滿刀光劍影的「產房」，住院醫師加上護士，四、五個人走來走去，各忙各的，不時傳來機械器具的聲音，宛如身在廚房。擴音喇叭播放ICRT節目，輕快的英文歌。住院男醫師正與另一人討論跳槽之事，兩人很熱烈地比較待遇、福利及升遷管道。無人理我，沒有任何一隻蚊子過來向我說明接著打算怎麼做？當然，更不會有安慰、鼓舞的話語。

沮喪及無助籠罩著我。背脊痛起來，像有人在上面磨刀，正手反拍，磨個不停。我心想，如果平安度過，我與兒子不過是這醫院每日順產紀錄表上的一個名字；若有不測，也是合理的、控制得宜的意外百分之比內的數字。醫護人員每日穿梭於生死事件之間，速度如同眨眼，躺在床上的病人（或產婦）早已被數據化、物化。病患面臨沮喪與無助時，希冀從他們身上獲得一絲慰藉，恐怕是奢求啊！

我感到非常非常累。盹，像一隻毛毛蟲爬上我的身體；可是又覺到焦躁、亢奮情緒交互出現，強烈地撞擊出「要把兒子生下來」的念頭。旋即，我被自己的求生意志激怒起來，似最高統帥親自指揮三軍般，迅速動員、整頓士氣──每當人生陷入低潮、困境，這股不服輸、不肯輸的氣概便會出現，混雜憤怒、深仇、瞋恨情緒，強度升高，終至復仇的暴力邊緣。

我準備好了，即將引爆。

主治醫師進來。一位實習護士要我一痛就用力並呼叫──這訊號要給住院醫師，他已站在我的「大霸尖山」旁，伸出孔武有力的兩條手臂，準備在子宮收縮高峰時用力把小傢伙像「擀麵」一樣擀出來。

一次！兩次！

第三次，巨痛如瘋狗浪襲來，我吸氣、咬牙屏息，兩手緊抓產檯兩側護欄，上身拱起，將所有氣力孤注一擲向腹部壓去，住院醫師伸臂擀腹，主治醫師以「真空吸引法」呼應，當三股力量彙聚剎那，我感到肉體崩裂飛散，但那不恐怖，至痛反輕，只像跌入盛放的玫瑰園，被花刺螫身。三股力量消褪，我接著覺得──彷彿只剩最後一線神經偵測而得，自己變輕了，像一片從暮秋樹林飄出來的枯葉，在風裡打轉，飄回宜蘭家鄉的冬山河上，穿過老厝、水鴨、炊煙，又緩慢地飄向陰陰暗暗的山谷，風吹拂，冷冷的幽谷。

突然，啼哭！聽到遠處傳來嬰兒啼哭，銳細的音波竄入外耳道、耳咽管，來回撞擊、振盪，形成箭，傳輸至即將捻熄最後一盞燈的大腦判讀：是嬰兒沒錯，不在遠處，近在咫尺！

那箭完完整整射中我的心！

是的，我當媽媽了！

宇宙重新亮起來，星子們又竊竊私語，像每一個尋常日子。

「很好，出來了！」主治醫師的聲音。他接著為我縫合傷口，此起彼落的器械聲音。所有的痛楚與疲憊消失得乾乾淨淨。

「兒子！嘿，兒子！歡迎你來！」我說。

一位護士抱他在遠處不知做什麼（許是量身高、體重及清洗），我偏著頭看，不斷在心裡喊他。不知是否每位靈長類母親都會在胎兒脫離母體時立即啟動保護系統？適才，我甚至浮現護士會把小孩抱走的恐慌思緒，遂一直盯著，深怕他離開我的視線。

沒多久，護士抱他過來。粉紅包巾裹得緊緊地，只露出小臉蛋。我看著小傢伙，笑起來，講了一句事後覺得不夠強而有力但當時卻是出自肺腑的話：

「好可愛啊！」

重三千七百七十克，身長五十四公分，頭圍三十六・五公分——就是這顆大頭，使我生得飛天墜地，眼冒金星。

孩子爸爸說，當我承受巨痛時似乎陷入半昏迷半清醒狀態，我握著他的手，以交代遺言的口吻說：

「萬一出了什麼事，你要記得，我愛你！」

（選自《紅嬰仔》。臺北：聯合文學，1999）

➲作者介紹

簡媜（1961-）本名簡敏媜，生於臺灣宜蘭縣冬山鄉冬山河畔，世代務農的家庭。高三就立定志向：要走文學這條路。臺大中文系時代即開始嶄露頭角，榮獲多項校園文學獎。大學畢業後，曾在高雄鳳山編印佛書，也做過廣告公司文案，及《普賢》雜誌、《聯合文學》「遠見」與「理學社」的編輯，也曾與陳義芝、張錫等人創辦「鴻雁出版社」。

簡媜自稱是「無可救藥的散文愛好者」。她的心思慎密，敏感多才，舉目傾耳，周遭人事莫不有情，充滿物外之趣。作品題材多樣，筆觸敏銳細膩，想像縱恣多情，並受古典文學的膏澤英華，文采典雅清麗、活潑靈巧，而其寫作主題恆是環繞著自身與四圍而發展。喜歡以數個可以自成單篇的標目，共同構成一個主題，讓它形成化零為整的有機結構。可說是臺灣當代散文作家的翹楚。散文專著有《水問》、《只緣身在此山中》、《月娘照眠床》、《七個季節》、《斛珠私房書》、《浮在空中的魚群》、《下午茶》、《夢遊書》、《空靈》、《胭脂盆地》、《女兒紅》、《頑童小蕃茄》、《紅嬰仔：一個女人與她的育嬰史》、《天涯海角：福爾摩沙抒情誌》、《好一座浮島》、《舊情復燃》、《微暈的樹林》、《密密語》、《老師的十二樣見面禮》、《誰在銀閃閃的地方，等你》等。其中1992年，以《夢遊書》獲第十四屆吳魯芹散文獎；1994年，以《胭脂盆地》獲得第二十屆國家文藝獎（舊制）散文獎及聯合報讀書人年度最佳書獎；1996年，以《女兒紅》獲聯合報讀書人年度最佳書獎，1999年，《女兒紅》入選「臺灣文學經典三十」，2000年，以《紅嬰仔》獲1999年九歌年度散文獎、第二十四屆金鼎獎——推薦優良圖書、第三屆臺北文學獎散文獎及聯合報讀書人年度最佳書獎；2004年，以《好一座浮島》獲聯合報讀書人年度最佳書獎；2008年，以《老師的十二樣見面禮》獲第三十二屆金鼎獎最佳文學類圖書獎，及臺北文學十書。

3.〈暗影生異彩〉／季季

我跟一群十七歲的女孩子聊天，她們問起我平時有些什麼娛樂，當時我幾乎愣住了；我有些什麼娛樂呢？

若照一般人的娛樂標準，我大概要被歸類為幾乎沒有娛樂的人吧？幸而，就在一般的標準之外，我仍然有著一些純粹自我認知的娛樂。在旁人看來，那些也許根本不能稱之為「娛樂」；而只是一些卑微甚而荒謬的沉溺或者自我放逐吧。然而它們確是屬於我的娛樂；是我這飽受挫擊的生命中的秘密的狂喜。我真心而執著地享受它們，從其中獲取如肌膚般的豐腴和血液奔流般的喜悅。

提到我的娛樂竟包括了「暗中靜坐」時，那些十七歲的女孩子差不多都睜大了眼睛：彷彿充滿了疑惑和驚駭；同時摻雜著一種欲要探索真相的興味。那天我恰好感冒了，頭暈目眩，又沒睡夠覺，加上天生的言語遲鈍，似乎怎麼說也不能使她們心領神會我所沉溺的那個暗影生異彩的境界。我於是頗為困頓的止住了。說來說去都那麼瑣碎、不完整；既然無物，又何必多言呢？

後來我回想起來，即使我舌燦蓮花，怕也未必能使她們洞悉其中的真意吧？我終於想通了：那根本不是語言的問題。語言在生活上雖然佔著重要的地位，然而，暗影生異彩的境界，卻是縱以千言萬語，也難能道破其中一二的。一個人若沒有經過泡沫的揮發，沒有經過先作垃圾再化沉為泥土的蛻變，終其一生也未必能窺破那個一頓成圓、再現無窮的境界的。

其實，不能心領神會暗中靜坐的樂趣，毋寧是十七歲女孩們的一種福分；或者，該說那才是她們的一種本分。天真浪漫而且充滿了夢幻的她們，時常無端端的強說愁、無端端的怒目圓睜或欲說還羞；甚至於時常無端端的瘋狂嘻笑如天空中自由飛翔的快樂小鳥，她們的快樂和憤怒往往是赤純的、可以一目瞭然的，而她們的所謂「憂愁」，也往往並無難以解析的實質。她們的生活本就像陽光裡的泡沫紛飛，瑰麗多姿，哪知道生存的背後尚有暗影呢？

我也曾經十七歲，曾經活得喧嘩多姿，曾經充滿了泡沫般華麗飛揚的夢幻，而那些，終於都在生存的這條路上漸次揮發、終而遠離了。如今我早已不是十七歲，且在夢幻碎落後經歷了一段像垃圾般的生活。這活生生的經驗，把我蛻變為一個像泥土一般具體而又不易死透的女人。

我幼時住在鄉村，最能領略先作垃圾再作泥土的過程之艱辛與莊嚴。鄉村的農家，大都有一間作堆肥的房子，他們把所有會腐爛的垃圾都堆在那而僅有一扇門可供出入的房子裡。所謂垃圾，其實應解釋為「剩餘物質」；是被利用過了的一種廢物。沒有任何東西天生是廢物，垃圾也是一樣。他們把垃圾在一起發酵和腐爛，還得潑水和翻攪使它們腐爛得更快。誰都不喜歡走進那悶熱而且充滿了惡臭的房子，因為堆肥的本身在發酵腐爛的過程中是會產生高溫和沼氣的。過了一段時日，垃圾都已腐爛，他們就裝進牛車，運到田裡去施肥。到了那個時候，它們的身分和價值有了奇異的變質：它們不再是垃圾，不再是堆肥；它們化為泥土；而且化泥土為沃土，使地上的生命因而活得腰桿更直，收穫更好。它們消失了本來的自己，但是它們成為能滋養生命的泥土了。在一般的價值觀念裡，如若垃圾也有價值，這大概就是它們最高的價值層次吧？

在我的生命發酵和腐爛的那段時期，我時常想起垃圾、堆肥、沃土之間的邏輯關係。那段時期，我承受高溫和沼氣的煎熬幾至窒息。但是我深知更多的垃圾可以做更多的堆肥，而更多的堆肥可以造就更廣闊深厚的沃土。這種邏輯關係看似十分淺顯，然而蛻變的過程卻是艱辛無比的：那是一種長久的窒息；是只剩一口氣的苟延殘喘。

然而，我自那無窗的、滿是惡臭的房子走了出來，在生命這片土地上尋得一處委身與就的泥土。我依賴這泥土重新滋長我自己，滋長我的兒女；更重要的是，許多過去被窒息了的欲望，又在這滋長的過程中伸出了敏銳的觸角。這些觸角時常在我腦海裡張牙舞爪，跟我的腦子爭辯。它們總是跟我的腦子說：為什麼我在妳的生活裡長時扮演抽象的角色？為什麼我不能在妳生存的那方泥土上扎根成長為一種具體的生命？面對那樣的抗辯，我只能說：我賴以生存的這方泥土太小了，或許，也太貧瘠了。這方泥土滋長我自己和我的兒女都還嫌貧瘠，怎再容得下那許多欲望的觸角扎根成長呢？

任何一種生命的復甦本都是莊嚴可喜，然而，我的復甦卻產生出這樣的併發症來，卻也未嘗不是一種苦惱。最順遂的人生境界是無慾則剛，然而，我的慾望卻是無窮無盡，我跟它們的爭辯也就無時或休了。它們總要慫恿我放棄這一方小小的貧瘠泥土去作另一次開拓，另覓沃土以讓它們棲身。然而，每一次爭辯，我都得作最後的妥協：我仍得在這小小的泥土上生存，仍得視它們為一種幻影。我是一個持家的女人，是兩個孩子的母親，是被牢固在困頓的生活裡的人。我沒有自由可盡情揮霍，不能滿足那些慾望，只能任讓它們在「不自由」的雲層下游移徘徊。時日既久，傷感乃生，我的心境於是漸漸有著一種「白髮悲花落，青雲羨鳥飛」的淒楚了。細究起來，這些慾望都是與生俱來；是和我的生命共存亡的。它們起先也許很小、很少，然而，歲月、情感、天象、知識逐日滋潤它們，使它們漸次壯大、日益增多。它們不是螻蟻，不能一腳就可踩死；它們也不是游魚，離水即成涸轍。它們是不死的精靈，是固執的戀人：糾纏著你、苦惱著你，卻還讓你感覺到生命的豐碩和甜美。我於是頓悟了：如若連這些慾望都沒有，我的生命或將更為庸俗貧乏吧？除卻現實裡的一些殘渣，閉起眼睛也許就是一無所有了！從這個比較寬容的角度來面對那些揮之不去的慾望，我對它們竟只有心存感激了！天涯覓知音、與君共生死，這偕行的路途是何其莊嚴啊。

我天生是一個不拘小節，不墨守成規，有時甚至也不按理出牌的人。從小我就嚮往一個比教科書更寬闊淵博的、知識的世界，我嚮往那個靜態的世界所呈現的動態世界的像貌，一如我嚮往整個大宇宙存在的一切偉大的事物，我嚮往高山大河、波濤壯闊；嚮往風吹草低見牛羊的大草原和草原上的牧人；嚮往神遊太空，伸手摘星，翻掌覆雨；嚮往大博物館的陰涼、古樸、豐盛；嚮往原始森林的小徑和荊棘。我尤其嚮往的是許許多多在我內心中澎湃不已的人間角色：小販、浪人、農民、工人、推銷員、藝人、精神病患、孤兒……我渴望進入他們的生活，和他們閒話家常，瞭解他們的愛憎悲喜。我摯愛這些堅忍或者沈默的手足同胞，他們在我內心中的地位甚至超越一個大政治家或大企業家。大政治家或大企業家的權勢往往可以決定眾多人的命運，但我特別關切的僅是那些依靠自己的勢力或毅力去決定個人命運的人……。

我的慾望有這許多，如今我卻得為卑微而繁瑣的現實生活所牢固。我不能出走，不能揮灑自如地去接近那些嚮往已久的事物，為此我時常覺得鬱悶，想從這現實的一點上破窗而出去自由飛翔，去和我的慾望合而為一。當然，這也僅是萬分無奈時的一種悲壯的癡人說夢罷了！

就在這樣的困頓無奈中，我終於自尋出路；和我的慾望取得了另一種妥協。白日已盡，俗緣暫失，我在暗中靜坐：只見得那許多慾望的精靈都化作實實在在的生命，在我眼前歌詠不止。暗影幢幢，我竟得和它們玲瓏相見，靈犀互通了。它們不再僅是腦中的幻影；它們是嶙峋高山，是我航行過的大海，是綠得無邊無際的大草原，是故宮，是荊棘，是一群群勞動者疲乏的臉和枯澀的眼神……。我不僅看見，而且我還傾聽：草原風聲、浪濤擊岸、林中猿嘯、民歌悠遠、牛羊哞咩……。這是一片大好風景；一片在暗影中更顯得清晰的異彩。只在這時，我才真正的無虞匱乏，充滿喜樂；攀登高山、乘風破浪、彷彿都一蹴可幾。人生至此，尚復何求呢？而這樣壯觀的娛樂，又有什麼他物可以取而代之呢？

這樣的娛樂，或許要被人譏為「只不過又落入夢幻的陷阱罷了」。而我是不在乎這些的。那些慾望，對我來說，也不會是永遠的幻影。我不知何時能逐一將它們由幻影化為真實，如今我只知道在每日的暗中靜坐裡，我能和它們玲瓏相見，靈犀互通。而且我相信在這渾噩塵世裡，也有許多人俗緣半生，卻也能曲徑通幽，在暗沉沉的黑影裡，瞧見那繁複不盡的人間異彩。

（選自《現代中國散文選》。臺北：洪範，1981）

➲作者介紹

季季（1945-），本名李瑞月，生於臺灣雲林縣二崙鄉永定村。她是一位早熟的作家，十五歲（1960）就開始寫作，十八歲（1963）以〈明天〉獲《亞洲文學》小說徵文首獎。1964年離開家鄉到臺北做一個職業作家，其後經歷種種人生演變，心裡始終自認是個素樸的鄉下人，喜歡自由、厭惡虛偽，尊重智慧與誠懇。二十一歲（1966）由皇冠出版第一本小說集《屬於十七歲的》，自此成為文壇亮眼的新星。

1965年與當時《聯合報》記者楊蔚結婚，年僅二十一歲的季季在美麗的鷺鷥潭畔、赤著腳、手捧沿路採來的金黃馬纓丹，在平鑫濤、瓊瑤、魏子雲、朱西甯、段彩華等人的浪漫張羅中結婚了，不意這段文壇浪漫佳話在六年後竟成令人嘆息的黑暗期。原來，季季婚後不久就開始面對謊言、賭博、偷竊、謾罵、暴力，以及睡夢中的尖叫……。更別說，因楊蔚涉及密告，與「民主台灣聯盟」案有關的密友們：丘延亮、吳耀忠、陳述孔、陳映真等人，都遭遇白色恐怖入獄。1971年與楊蔚離婚，傷痕累累的季季雖從婚姻中脫身，仍沒辦法中止前夫「用狂賭麻醉腦袋，以沉淪贖罪自己。」的行徑。當他輸到一文不名，竟暗夜持刀向獨自撫養兩個孩子的季季索錢。

為了生計，季季帶著兩個小孩，放棄過往專職寫作的理想，投入職場。曾任1977年底《聯合報》特約撰述、編輯，1980年轉至《中國時報》任〈人間副刊〉撰述委員、副刊組主任兼〈人間副刊〉主編，《時報周刊》、時報文化副總編輯，《中國時報》主筆，《印刻文學生活誌》編輯總監。2007年12月退休。

本單元所選的〈暗影生異彩〉，發表於1976年，是季季在離婚六年後的作品。曾經的婚姻反噬她的不僅是生活，幾乎是一切。但她用書寫學習「向傷痕告別」，不能告別的就讓「傷痕有它們該有的尊嚴。」一如《行走的樹》書的序章及後記引用張愛玲譯海明威的句子，「要緊的是你被毀滅的時候怎樣保持你的風度。」季季說，「那句話可以指涉所有人的生命。包括我自己。」

季季的心思細膩，長於敘事，以小說之筆寫散文，說故事娓娓動人，作品「擺盪於現實意識和浪漫意識的兩極之中。」（葉石濤，〈季季論〉）。創作風格「具有多樣繁複的面貌。女性、母性是其作品的基底。」（林瑞明，《季季集》序言）著有短篇小說集《屬於十七歲的》、《誰是最後的玫瑰》、《月亮的背面》等十冊；長篇小說《我的故事》等兩冊；散文集《攝氏20-25度》等兩冊；傳記《我的姊姊張愛玲》、《休戀逝水——顧正秋回憶錄》等兩冊；編選年度小說、年度散文等選集十冊。

➲問題與討論

1. 在〈項羽——超級明星〉中，提到項羽有哪些性格特點？說說你有哪些亮點？也談談你可以改善的空間是什麼？
2. 項羽後來兵敗垓下，自刎而死。〈項羽——超級明星〉卻仍視之為英雄。在你探索自我的過程中，項羽給你什麼啟發？
3. 讀過簡媜〈密語之四〉，你覺得「生命」是怎麼一回事？
4. 簡媜認為男女性對情欲和情愛的看法有何不同？你是否同意她的看法？
5. 承上，「簡媜的丈夫」、「簡媜同學的男友」呈現何種對比？這兩人是否能代表普遍的男性？
6. 請談談你對「婚前性行為」與「墮胎」的看法？假若你或友人未婚懷孕，你要如何處理？
7. 〈暗影生異彩〉中的「暗影」指的可能是？「異彩」又會是什麼？
8. 想一想，從出生到現在，你的生命中出現了哪些重要的故事呢？有哪些高低起伏呢？請用生命線將它畫出來並加以註記當時的心情指數。

➲寫作引導

人生總有高低起伏，回顧人生重要事件，可以幫助我們自我覺察和自我統整，請划著你記憶中的小舟，回溯生命之河，當時或許獨自摸索，或許與人同舟；或許順風而行，或許逆流而上，不管多少波瀾，多少蜿蜒，順逆泰否都是你的人生風景。立足現在，展望未來時，也要適時停格，張望那些影響過你、形塑你的人、事、物，並把它們一一敘述下來，藉由今昔之我的跨時空對話，重新檢視自己的優點與缺點、長處與短處，理性看待自己的自尊與自信，在生活與夢想間尋找共同的平衡點，如此才能來個華麗轉身，快樂前行。

➲講授內容

自我生命書寫重點。

➲活動與作業

「回首來時路」寫作：

1. 題目自訂，字數800-1000字。
2. 配合「問題與討論」及「寫作引導」。先畫出過往生命線上的起伏及心情指數，再略述當時的心情故事。
3. 可以第一、二或第三人稱的口吻敘述。
4. 從過去的經驗之中，選擇一個與自己最切身的對象作為文章的主題，把自己的生命故事、生活點滴鋪敘成文。文末以抒情的筆法寫出自己此段時間的心情和感受。

➲延伸閱讀

1. 張愛玲（1991）。〈我的天才夢〉，載於《張看》。臺北：皇冠。
2. 簡媜（2003）。《水問》。臺北：洪範。

3. 林文月（2004）。〈林文月論林文月〉，載於《回首》。臺北：洪範。
4. 沈從文（2006）。《沈從文自傳》。臺北：聯合文學。
5. 齊邦媛（2009）。《巨流河》。臺北：天下文化。
6. 姚尚德（2015）。《小丑不流淚》。臺北：遠流。

➲相關影片

1. Franco Cristaldi、Giovanna Romagnoli（監製）、朱賽貝・托納多雷（導演）（1988）。《新天堂樂園》（義大利語：*Nuovo Cinema Paradiso*）。義大利。

   ——每個人心中都有一處天堂樂園，直教人深情不悔。

2. 許新枝（監製）、侯孝賢（導演）（1985）。《童年往事》。臺灣：中央電影公司。

   ——記憶的長河裡，那些人這些事陪伴我們一路成長。

3. Jean Lavie、Robert Lachenay（監製）、楚浮（導演）（1959）。《四百擊》（法語：*Les quatre cents coups*）。法國。

   ——成長雖艱難，逆境是人生成長的黃蓮，苦難是化了妝的祝福。

第二單元

悅親戚之情話——給家人的情書

主題：親情之愛

➲教學目標

1. 透過閱讀〈南瓜——獻給母親十二周年忌辰〉，讓學生了解親子之間不可解於心的情緣，常常有溫柔的慈悲也有難以言宣的怨懟。愛與包容才是最後的解答。
2. 透過閱讀〈小王子〉一文中作者與弟弟間的互動，讓學生了解兄弟姐妹間的手足之情，領會個人與家庭成員間應有的關懷，進而對生命成長過程中所犯的行為錯處，給予寬容與更深一層同情的理解。
3. 透過閱讀〈示愛〉了解傳統華人關心家人但不外顯的含蓄情感表達，同時也鼓勵學生示愛，將心中對親友的感謝與愛意表達出來，讓愛傳出去，增添家庭親子間和諧共融的氛圍。

➲課程規劃說明

親情是人與外在建立關係的第一道關口也是通路。關係著每一個人對自我的認識與人格的形塑。父母與子女之間、兄弟姊妹手足之間，誠如莊子所說的「命也，不可解於心也」，永遠有一條無形的線，時而拉扯時而牽繫，其中蘊含了許多複雜的情感，有愛、關懷與期待，也有不滿、糾結與怨懟；這些矛盾而幽微的情感，即使平常面對面相處，往往礙於情面而難以啟齒，以致彼此「相愛卻不能互相了解」，如何疏通，相悅以解，寬解人生糾葛，實為親情間共同的課題。本單元所選的文章或從寓情於物寫親情之愛，如〈南瓜——獻給母親十二周年忌辰〉；身在華人社會，含蓄內斂的民族性，或許以書寫寄寓關心，如〈小王子〉、〈示愛〉，經由文字給出空間，更能暢敘幽懷，不至於愛在心裡口難開。所以本單元也將藉由書信作業，讓學生與家人在有距離美感的「對話空間裡，悅親戚之情話」，以增進親情的了解與溝通，重新接上血脈相連的情感臍帶。

➲閱讀文本

1.〈南瓜——獻給母親十二周年忌辰〉／荊棘

如果一顆麥子不死，它永遠只是一顆麥子。

——聖經・新約那南

是怎麼來的，我們始終都不知道。甚至最初還不知道它是什麼，將結什麼，或者什麼都不結。沒有人注意到它是何時長出來的。我家院子太荒蕪了，滿是高高低低的雜草。常常有閒散的牛，受不了青綠色的誘惑，跑進來大嚼。鄰家的孩子們，一不小心把球摔進來了，也得在草叢中找個老半天。

然而有那麼一天，我們突然發現這株奇異的植物已在院中佔據了一角，它把如荷的葉子從雜草中伸出來，有卷鬚的莖端努力仰起，在探它的路。莖葉密生著銀白的茸毛，在三月尚帶有冬天氣味的陽光上，大膽地閃爍。

那是民國四十年，我們到台灣後的第二個春天。從搬到這宿舍的第一天，大家就失望了。簡陋而透不過氣的木板房，空無一物而被竹籬笆死死圍住的院子。我簡直想不到來台灣住這種地方，相信他們也同樣意外，但當我忍不住抱怨時，父親就會驟然爆發起來，叫我想想還有更多在受苦的同胞。於是我受著驚，滿懷委屈地想念起大陸的大房子來。從那時起，就再沒敢說什麼，或作什麼建議。

就在剛安頓下來的那年春天，父親曾興致勃勃地叫來一個花匠，種了些貴得嚇人的龍柏，還有幾株以等距離排在園路兩側的杜鵑。種了之後，父親似乎就存心等著享受綠樹成蔭花滿枝了；他怎麼也想不到還有澆水、鋤草、施肥之類的事。結果龍柏毫不在乎它的身價，一起死光。而杜鵑也在開過幾朵花後，慘遭生存競爭，逐漸被野草湮沒。

父親好生氣。東西種了還會死？他從沒想到。此後他再也不種什麼了。他說：這土真糟，又貧又硬，每一鋤頭下去都是石子，能長什麼呢？大陸的土可好啊！……

父親這麼說，只不過是表示他對大陸的一種懷念，我們都懷疑他是否真懂得大陸上的土。父親是城市人，從早到晚忙著城市的事。我們三個孩子也一直生長在城市。但是，我們總是有個大大的院子。這是母親所堅持的。她在那四周為樓房所壓，為高牆所困的院子裡，滿種植物；把所有的時間都花在那兒，整日挖挖種種不停。她的花是不許摘的；讓它們自在地開，自在地落。她的菜是她最大的驕傲。還記得那破面盆裡的蒜苗，一夜之中會怎樣努力地生長，使我早上起來大吃一驚；而母親得意地像那是她變的戲法一樣。常想起我和哥哥怎樣搶著摘玉米；在那遠比我們高的玉米叢林，用手摸索出最胖的玉米穗。玉米有甜甜的香味，紅色的玉米鬚正好拿來扮演京戲裡的鬍生……。而這已是好久好久以前的事了。自從小弟生後，她的肺病就更重了。在我愈近的回憶裡，她躺著的日子也愈多。她老是靠著窗旁的躺椅，看花匠整理花園——可是花匠們總不能使她滿意。他們修剪樹，等於割她的心。她常自躺椅上坐起來，用她溫柔的聲音，那麼堅決地說：

「啊！請不要不要——剪！啊！不不！沒有關係——不會嫌密——不會難看——不會長不好……不！一點也不要——你看，鄉下的樹誰管？可長得真大真美……。」我可憐的母親原來是生長在江南的農村啊！那個三月，我們兄妹跑去告訴床上的母親，她一定知道是什麼——這棵奇異的，沒有來歷的蔓藤啊！

我們扶母親到院中。她說：「瓜啊！」

「瓜？西瓜嗎？」小弟簡直是愛上了台灣的西瓜。

「不，西瓜的葉子有缺，而且無毛。」

「不會是苦瓜吧！」我最恨苦瓜了。

「不！苦瓜小得多，而且要爬架子的。」

「那麼到底是什麼呢？瓜有不少種瓜：冬瓜、南瓜、瓠瓜、葫蘆……。」哥哥說。

「是什麼呢？」母親像在問她自己。她蹲在那兒，摸著瓜的葉片：「冬瓜？或是南瓜？葉像南瓜，毛又沒有那麼粗。是台灣的南瓜特別？還是台灣產的什麼奇怪瓜？……等它開花結果就知道了。」

站在那兒，我們好像看著它在長，看著它結了一個好大好大的南瓜——喔！既不是西瓜，那麼最好是南瓜——那金黃色的甜南瓜啊！

「奇怪，這麼壞的地，它怎麼還會長呢？它從哪兒來的呢？」

「這地也不算壞，你們沒看到鄉下人闢山築田咧！這一帶以前都是田，也許是一個農夫的瓜田；有一顆種子發芽晚了，別的都長過了，它才醒來。也許是鳥帶來的。也許是隔壁買了瓜做菜……。嗯！多好！院子裡又有東西了！」

這樣，我們急切地等待，希望知道它會結出什麼來。而父親卻取笑我們。他似乎覺得花了那麼多財力的東西都種不活，這不知從哪兒鑽出來的傢伙實在不該長得這麼好。也許他只是不高興我們存著不勞而獲的念頭吧！因為他一直在我們的熱望中說些什麼：「種瓜得瓜，種豆得豆。你們這些不種瓜的人，天天等著摘大瓜，豈不笑死人！」

然而父親絕不是如他言語所表示，甚或他自己以為的那種理智而超然的人。下班回來，他常在院中站立良久。有次我還聽到他自言自語：「奇怪，這到底是什麼呢？」

只有這棵瓜，它不急著知道自己是什麼。它很清楚自己是引人注視的，以一種充分的自信向前優雅地伸展。隨後，蜿蜒的枝條像洪流般捲上來，蓋過了雜草。哥哥在園路中段用竹條做了一個拱門，讓部分蔓藤爬過拱門，造成一個小小的瓜棚，然後再爬到路那邊。於是，從院子的這角到那角，滿眼碧綠，到處有分歧的嫩枝，抬著頑皮的頭，好奇地張望，想跑得更遠更遠。葉子亭亭玉立，像極了荷葉，也學著在微風之下，沙沙地拋擲它們的波浪。

母親不再成天呆在木屋的小床上了。走廊的外邊，長期放著她的躺椅。從那兒，可以看到整個院子。放學回來，我們總看到她；微微地笑，凝視著瓜藤。我們跟她說話，往往她都聽不到，得提高了聲音，她才帶著一副受驚的樣子醒來；眼中一片迷茫，使人覺得她仍然留在一個遙遠的、我們進不去的地方。母親像一株植物，善良而與世無爭，所求的只不過是日光、空氣、水分和安靜的生活。真不能了解我們柔弱的母親，可是我們好愛她。

父親老是冷漠，老是脾氣不好。我們怕他。想到我們孩子那麼小就懂事了，也不免心酸。母親受到委屈時，只是哭泣。我們總是沉默地圍著她，拍她，撫她，擦她的淚。我和哥哥會推小弟，叫她說笑話來逗母親。我們則是不能開口的，否則好不容易忍住的哽咽就要衝出來了。母親將更傷心。她病發的時候，我們輪流去守著她。那麼她一醒來就會看到她心愛的孩子，正如我們在病痛中張開眼就看到她親愛的臉——那樣柔和，潔白如蓮瓣的臉啊！

父親常氣起來要打我們，她總是從床上衝下來，用瘦弱的身體遮護她的孩子。而父親要打她的時候，我和哥哥會瘋了似的，生怕母親的病體受到半點傷害。我們身上的痛就是母親減少的痛。這樣，我幾乎希望被打得更重。而我們護來護去，卻使得父親更火。戒尺毫不留情地在空中跳躍，呼呼地怒吼……。

我們不能在母親面前表示出對父親的感覺。她說：你們要愛爸爸。他只是脾氣不好罷了！你們要愛他。還有不愛自己父親的人麼？那是壞人，你們作壞人，媽會難過。

媽不要難過。我們要愛爸爸。是的，我們要愛爸爸。只是我們不知如何去愛他。他又兇又不理人。他對你又不好。難道你能愛他麼？

可憐的母親，我們不要她有半點難過。有時小弟看到別的孩子的玩具，回來哭著要這要那，我們就告訴他：媽看你這樣會難過的。他就委屈地擦乾眼淚，眼巴巴地放棄他的要求。可憐的孩子，母親死的時候，他還不到六歲。啊！母親，我們太愛你太愛你！從不曾對你說過，你可知道？

到台灣後，一切財產都失去了，家境頓時困難起來。家用不夠，母親醫病的事更不用提了。甚至一個院子，一個長滿花木，讓母親呼吸一點新鮮空氣的院子也沒有。父親一天比一天更沉默。當他在家的時候，空氣都凝結了，誰也不敢動一下。整日母親都在愁錢的事。每天上午，她總是帶著那副惶恐而自覺有罪的神情，向父親討當日的家用。我真盼望長大。像愛麗絲吃了菌子一樣，一下就長大了。我要賺錢給你用。找最好的醫生給你看病，要你住在最美最美的花園裡。你就會好起來了。不再早晚那樣咳著，像把肺要咳碎——而我才九歲，小學三年級。九歲的女孩能做什麼？我所能做的只是放棄九歲女孩的遊戲，懂得九歲女孩不懂的悲哀。每天放學，我快步趕回家，把學校的歡笑聲拋在後面，做一切我所能做的家事。想到是為母親做的，一切就值得了。想到母親會減少一分操勞，想到母親將睡在較舒適的房間，工作就不再那麼沉重了。我常在心中叫起來：天啊！讓母親好起來，讓母親好起來好起來吧！而自從這滿藤出現的春天以來，母親確實好多了。她的神情開朗了起來，臉色也不再像以前那樣蒼白的可怕。

漸漸到了夏天，隨著天氣的轉熱，瓜藤的綠漲滿了一院。它們繞著枯了的龍柏，攀上了院周的籬笆，甚至有時還溜到園路上來。而我們，要不是實在沒有別的路可走，也真不忍心趕它們下去。晚飯後，哥哥開始把母親的躺椅從走廊搬到園路上，靠近瓜棚的地方。我們也搬了小板凳，圍著母親而坐。父親說他沒有乘涼的習慣——這種浪費時間的習慣。他不在場，我們樂得更自在些。

我還記得那些夏天的晚上。啊！那必然是我生命中最美的一段記憶。誰會相信一個孩子的心中，會刻下這麼深刻的感受呢？那樣的夜啊！十幾年後還在我夢中一再出現。星星、螢火蟲，隔壁小孩的笑鬧聲……。園路成了一個島，四周是南瓜的浪潮。風來的時候，南瓜如浪般翻滾，交頭接耳地傳遞它們的秘密。即使在無風的時候，葉子也驕傲地揚著頭，若有若無地擺動。有颱風的日子，我們坐在走廊裡。院子漲滿了水，那更像一片長滿了挺立的荷葉的池塘……。而母親如蓮瓣的臉，隨著似夢的低語，就在荷池上飄蕩。

我不再記得那些故事，那些母親斷斷續續說的關於江南的農村的故事了。它們和那夏夜，和我模糊的夢境，還有對母親的柔情混在一起，成了我自己的一部分。

那樣的夜啊！我游在南瓜的浪裡，母親的話在耳邊響著，像來自遙遠的地方……。我真的划著木盒，從荷花、荷葉與蓮蓬的林子穿過去；捉到了魚，也摸到了菱角……。我真的去過那滿堆西瓜的瓜棚，瓜山瓜海。那個採西瓜的姑娘，拖兩條長長的辮子在瓜陌間跳躍，難道是我的母親？她像我的遊伴，又像是我自己……。晚上，在最熱的夏天，也正是西瓜熟透的季節，他們守著瓜棚，就睡在那裡。那個男孩，隨手拿個西瓜，用拳擊碎而吃的，是我的舅舅麼？那個女孩，帶著弟弟去五里外親戚家趕晚飯，卻空肚而回；還告訴媽媽，是脹得走不動了，而不是餓得走不動的，又是誰？那個撐著木盆，把自己用粉紅的荷瓣裝飾起來，把木盆用荷瓣厚厚地墊起來的少女，是否也想用荷花堆出她的嫁妝？……貧苦的、快樂的農村啊！那有荷塘和瓜田的農村啊！就在我們南瓜的浪濤上映出……

沉靜的母親也會那麼熱情地說著荷塘，說著荒年，實在是不可思議，而那也像世上最自然的事。我們隨著她所說的，渴望那些西瓜和蓮蓬，渴望那種放牛的生活。而母親所受的飢餓，總使我們辛酸流淚。母親只說她的家鄉；她怎麼會離開家，和遙遠城市裡的父親結婚的，這對我們始終是個謎。她也從不曾提過在城市裡的生活，像是她的生活和記憶，終結於她離開故鄉的那一天了……。

父親的性情和她完全不同，我永遠不會明白他們何以結合。難道父親也懂得愛她清純如白蓮的臉？難道父親也曾被她溫柔而淡然如夢的令人抓不住的神采所迷惑？母親是不屬於我們這世界的；她像一顆誤植在陸地上的水蓮，逐漸枯萎於水鄉的渴念。粗暴的父親怎會懂得這些？他孤僻而自信，毫無情感，是個脾氣最硬，最不易受人影響的人——也許不是，也許完全不是。我覺得我長得愈大，認識他愈多，也愈無法說出他是哪種人……。這是哪個晚上呢？我已記不得了……。

對了，還是那個夏天的晚上。母親說著說著，聽了下來：「大君，給爸爸搬張椅子！」我們這才發現父親坐在台階那兒。他什麼時候來的？是否昨天、前天也在呢？

當我們聽到他慌忙地說：不，涼一會就進去時，都鬆了一口氣。然而，我們驚訝地看到他竟坐下來了！自那天後，母親不忘提醒哥哥，乘涼時多搬一張椅子。他有時來坐，有時讓他的位子空著。而空著的日子越來越少了。最初，我們都很不自在，母親的故事似乎也說不下去。但那南瓜的浪濤真能帶人回到江南啊！我們也就不知不覺地融入母親的世界了……。

父親顯然也被母親的故事感動了，當然他並沒這麼說。有一晚，他宣布也來講個故事。他說的是外國童話「灰姑娘」。一個被後母虐待的女孩子，坐著南瓜變的馬車，參加王子的舞會的故事。父親的故事說的不好，這是他第一次說故事給我們聽，可能也是他生平第一次。可是我們真是高興，那感動我們的，似乎是故事以外的什麼。大家都請他再說，父親也很高興，開始常常說故事。我和哥哥會想起學校的趣事，爭著講出來。小弟也不甘寂寞，一定要表演他自己編的歌舞……。

那段日子啊！必定是我家最快樂的時候了。晚上，全家在南瓜棚下乘涼談笑。白天，父親也不一再驟然地發起脾氣。父親和我們之間仍有一層隔閡，但他不再是個可怖的陌生人。真的，父親像是變了。他還冒著炙熱的太陽，去給母親找醫生。醫生的結論並不樂觀，但是誰也看得出來，她卻是一天比一天好了，胖了，臉色紅潤了，可以下床走動了。我們眼見母親日日好轉，覺得世界上沒有比這更好的事了。

然而我們仍渴望知道這是不是南瓜。它到底是什麼呢？或者什麼都不是呢？母親說：算了吧！它已給我們很多了。現在不是很好嗎？現在是很好，可是三個孩子仍想瓜。母親說：一結瓜，這些美麗的葉子就要枯萎了啊！我們還是每天到蔓藤中去找瓜，生怕它把它的瓜藏起來。眼看一朵朵黃花開了就落，真叫我們心疼。就在那個古金色的秋日，終於結了一個大南瓜。

原來它是棵南瓜。它用一個這麼美的南瓜來證明它自己。

我們天天去看，它每天都長大了一點。我們努力忍耐著，抵抗那由青轉黃的誘惑，希望它長得更大。於是它長啊長啊！那樣大的南瓜！你一定沒看過。連母親也說，她家鄉最大的南瓜也比不上。

到蔓藤枯了的時候，我們才摘下瓜來。我們兄妹三人合起來也抬不動，還得加上父親。那必定是一幅有趣的圖畫。我們這些不會耕耘的人，享受到最大的收穫之樂。

我們把南瓜放到廚房的桌子上。負荷著過熟的沉重，它志得意滿地躺在那，佔據了桌子的一半。完美的橢圓型，豐滿得裂出一輪輪的凸起。金黃裡透出赤紅，像是這季節把它所有的金色都凝聚在我們的瓜上了。怎麼捨得吃它呢？我們圍著看母親行「開瓜禮」。母親眼裡閃著淚光。

那一向天天吃南瓜。南瓜餅、南瓜麵、煮南瓜、炒南瓜……。那樣甜甜沙沙的，實在太美了。

而南瓜藤是完全凋了。葉子倒了，瓜棚也垮了。母親仍然每天看著它們說：正像故鄉的殘荷。

整個冬天，院子就留著「殘荷」。到初春的時候，堆堆的雜草中，連「殘荷」也看不到了，就在那時，母親病重了。

她的房門緊緊關住，父親不准我們進去。我們只聽到她瘋狂的咳嗽，只見護士端著滿面盆滿面盆的鮮血走出來……。每一聲咳都撕裂我的心。那喀血的，像是十歲的我。那大堆大堆，帶有凝塊的血，像自我幼小的身體奔騰而出……。

我無法入睡，生怕一閉上眼睛，母親會被病痛槍走。我整夜站在院中，讓母親房裡昏黃的燈光，從緊鎖的窗子漏出，落了我一身。在裡面，母親正受著苦，而我什麼也不能作……。滿心希望坐在母親身旁，握住她冰涼而纖細的手……。你不知道母親有怎樣一雙美好的手，修長、潔白、冰涼如玉。無數個發燒的日子，她用手冰我炙燒的額頭。就是那雙冰涼的手，還有她如蓮瓣的臉，把我從遙遠的，模糊的地方帶回來……。

一夜，在院中遇到哥哥。我們忍不住抱頭痛哭。窗內傳來母親絕望的咳聲。心中茫然湧起了對父親的恨意……。

有一天，有一天咳聲平靜了。我們都舒了一口氣。大夫卻搖搖頭，走了。那是三月七日。一九五二年的三月七日。她說：把窗打開，讓我看看南瓜。

我說：媽，早沒南瓜了！她就黯然了，不再說什麼。然而她必然看到了什麼——她漸漸微笑了，一絲喜悅使她的臉亮了起來，夢樣的眼光穿過粗陋的窗子，穿過凋盡的南瓜——她必然看到了什麼。就在那一剎那，我知道她一定看到了荷花、荷葉和瓜田。去到了那裡，回到了她原來屬於的地方……。

十多年了，沒有了母親，我們都過著悲慘的生活。父親很少和我們說話，也從不管我們的生活和學業。父子間陌生如路人。下班後，他總是去打牌，不到深夜不回，我們雖然看不過意，卻也從不曾想到要和他說什麼。

難道父親也懷念她？難道父親也發現沒有母親的家，根本不能算家？這麼多年來，沒人再提到南瓜。我們自以為這是我們心中最深沉的記憶，似乎用嘴說出來都會玷污它。

誰也不想在這生長過南瓜的地再種別的東西，連這種念頭都不曾起過。寧可讓野草把一切淹沒。

破落的院子，比我們第一次看到時更荒涼了。靜下來，依稀能聽到南瓜的沙沙浪濤。啊！回憶這麼沉重，我們沉醉在它的澀味裡，不願醒來。意識到彼此懷有同樣的記憶，我們兄妹感到這樣親近。

兩年前，好不容易我自徬徨的中學時代走出，到台北和哥哥一起讀大學。哥哥很努力，他自己有公費，又在課餘做事來補助我和弟弟的學費。現在只有小弟一人在家，他常想跑掉，好像我們的家已完全淪落了。可是在宿舍的日子還是那樣想家啊！漆黑的夜會出現那星空、星空下的南瓜、南瓜棚下的母親、父親和我們……。放假的日子，總是歸心似箭，渴望家，渴望母親。恍惚地以為母親會張臂迎接我……。然而滿目瘡痍的家啊，傾倒的籬笆、油漆剝落的木板房，還有那寂寞院子——在我的懷中滿生南瓜的寂寞院子啊！

這暑假，哥哥考取公費，要出國了。他直到臨行才回來一趟。看到高大成人的哥哥，想起他給我的信：「這樣的家！有機會我立刻走，毫不留戀。也好！沒有根的人，只要有勇氣活下去，可以飛得更高更遠！」飛吧！你是應該飛，哥哥！在他回來的次日，父親例外地留在家裡。晚飯後，他在飯桌上坐了很久：「天氣，太熱了！」他停了許久才說下去：「大君，搬張椅子到院子涼涼好嗎？」哥哥的驚訝必然也不亞於我。我們像演戲一樣，搬了椅子，坐在園路上；僵得很，誰也沒開口。院中確實涼快多了。在黑夜掩飾下，破落的院子，也沒有白日那麼淒慘。很久，很久，父親才囁囁嚅嚅地說：「大君，你就要走了……你讀書靠自己，留學也是靠自己……你們兄妹三個讀書做人，我全沒盡一點力。我這做父親的很——很慚愧。我從來沒有給你們什麼——我什麼也沒有——什麼都沒有——從來沒給你們什麼——你們，和你們的母親……。」

我突然心酸了，想去握這孤獨老人的手，正如當年我想握另一雙冰涼而纖細的手。是的，孤獨的老人。我從未發現父親是這樣的孤獨又這樣的蒼老。我不敢看他，可是第一次，他花白的頭髮，佝僂的身體，清晰地映入我心底。平時，當他發起脾氣來，那麼僵硬的線條，現在必已鬆弛下來，成為重重疊疊的皺紋。他總是燃燒的眼睛，現在必然滿負悲哀，因不堪悲哀的沉重而疲倦。我的父親啊！這一剎那，我才明白藏在你冷漠和驕傲下面的，是不知如何表達自己情感的怯弱和寂寞……。

我能說什麼？沉默凍結了，橫在我們中間。沒人能否認這些。這正是我們相互訴說，用以指責父親的。而此刻，我的心在叫：啊！父親，我們又給了你什麼？我們又給了你什麼？

是誰也不曾給過誰什麼，除了那南瓜！南瓜，那南瓜！我這才突然悟到：那南瓜為什麼僅是如許短暫的生存，卻又能那般無憾地逝去！

五十二年夏初稿，五十三年三月完成

（選自《荊棘裏的南瓜》。臺北：爾雅，1983）

➲作者介紹

荊棘（1942-），本名朱立立，英文名Lily Chu，湖北省黃岡縣人。國共戰爭後，一家人隨國民政府播遷來臺灣。臺大園藝系畢業後，留學美國專攻生物與醫技，後轉學心理，取得美新墨西哥大學實驗心理碩士及教育心理博士，在專業上成就斐然。曾於美國密西根州立蘇必略湖學院、新墨西哥大學、德州大學巴索分校任教多年，並曾執行少數民族及婦女研究計劃，足跡踏遍世界各洲。現旅居美國，並為海外華人女作家協會會員。民國六十四年荊棘在《文星》雜誌發表〈南瓜〉一篇，當時二十三歲。以「荊棘」為筆名的原因，在《荊棘裏的南瓜》序言中寫道：「我的成長時期，複雜痛苦得一如燃燒的荊棘。我在生活的夾縫中苟存，沒有深厚的根，沒有雨水和陽光的滋潤，沒有如蓋的綠蔭或燦爛的春花可以夢想；我是棵在貧瘠的沙漠裡與自己糾纏掙扎的刺草。唯一支持我的，是一股強烈的生命力。」

荊棘在〈南瓜〉於雜誌刊出一個月後即赴美留學，不知〈南瓜〉在臺灣受到文壇的注視，出國求學工作與國內藝文界斷了音訊。停筆十八年後，在作家隱地鼓勵下，荊棘又開始寫作，先後陸續出版《荊棘裏的南瓜》、《異鄉的微笑》、《蟲及其他》以及《金蜘蛛網》等作品。白先勇在〈鄰舍的南瓜〉中提到：「讀荊棘的文章有一種親切感，一直覺得作者在向你娓娓吐露他深藏的心事。」細讀這篇帶有自傳色彩的散文小說中，有著一份情真意切的真實感受。

2.〈小王子〉／周芬伶

他們說，弟弟被關起來了。

我已經將近一年沒有見到弟弟。最後一次見到他，他穿著嶄新的名牌襯衫，手上戴著金錶，吊兒郎當地說：「小心，我到你那裡敲一筆哦！」他總是愛開玩笑。

可是，弟弟一直沒有來，然後，我就聽說，他唆使三個人去搶地下錢莊，還用刀子割了會計小姐一刀。然後又說弟弟被通緝，躲在高雄的小公寓。還說，他被捕了，關在燕巢看守所。這些我都不相信。

在我心中，弟弟全然不是這樣的。小時候，他常從我背上撲上來，勒住我的脖子說：「納命來！」我總是一面笑著一面打他，說他好有力氣，好調皮。他不是當真的，你看他那張天真無邪臉孔，清亮有神的眼睛，略厚而敏感的嘴唇，挺直的鼻梁，長得活像詹姆士狄恩，他怎麼會傷害任何人？

母親連生五個女孩才生弟弟，他在一群女孩中長大，練了一張最甜的嘴，一顆最軟的心，我沒見過這麼會撒嬌的男孩。只要他說，姐，這個我要；這個東西就變成他的，沒有人拒絕得了他。他又頂會挑東西，所有吃的、穿的、用的、全是要那最好的。小時候他讓人算命，相士說他生來是來討債的，別人花錢僅只於皮肉，他要花到骨頭裡。弟弟還很得意地問：「姊姊，怎樣才算花到骨頭裡？」

雖然如此，沒有人能阻止姊姊去疼弟弟，我們都用女人特有的柔軟心腸去寵他……弟弟犯錯了，那麼就流淚吧！用淚水感化他；弟弟吃不了苦頭，那麼就什麼苦頭都不讓他吃。

我們喜歡把他打扮得整整齊齊，帶他到街上亮相，許多人走過來，摸他的頭，擰他的臉頰，他一點也不怕生，眨著大眼睛直笑。很多人說，他長大後會迷倒許多女孩子。

果然，才念到國中，就有很多女孩子寫信給他，在這些女孩子中，他只喜歡鳳子。鳳子是個極標致的女孩，高挑的身材，皮膚又白又細，一雙鳳眼笑起來彎彎的，只是嘴角有些歪撇，看起來楚楚可憐的樣子。有人說：鳳子一臉薄命相，不是端正的女孩。我才不相信，美麗的女孩總是遭嫉的。

弟弟喜歡鳳子，鳳子也喜歡弟弟。為了鳳子，弟弟從好班降到普通班；為了鳳子，弟弟錢越花越兇。那一陣子，他桌上貼滿鳳子的照片，常翹課溜去約會。他說他們是龍鳳配，天生一對，可不是，弟弟屬龍。

可是，高中還沒畢業，鳳子居然嫁人了。聽說是她母親為了還債，逼她嫁給一個老頭子。婚都結了，鳳子還一直來找弟弟，弟弟不見她，也不准我們提起她，後來鳳子割腕自殺，弟弟也沒去看她。

從那時起，弟弟常常不回家，學校說他曠課超過時數，外面傳說他參加不良幫派，還說他在賭場裡當保鏢。有一次，母親在他房裡，搜出一隻扁鑽，還有一把好長的刀，母親一邊發抖，一邊流淚，把刀用布包好，丟到郊外去。接著，弟弟被退學。

我找到弟弟，勸他，不，是哀求他。我說，姊姊相信你的本性是善良的，只要即刻回頭，一切還來的及。你知道嗎？姊在大學裡教書，那裡的學生年齡跟你差不多，我常常在想，裡面如果有一個是你該有多好？你應該像那些年輕人，夾本書，哼支歌，一大票人爭論著去哪裡看電影，開多大的舞會，還有夜遊、烤肉、賞花，家事與國事天下事，理想與抱負——二十歲，應該是沒有血腥沒有罪惡沒有憂愁的年齡，弟弟，我等著這一天。

弟弟說，姊姊，你又在作夢了。你沒有看到我胸前，還有大腿上刺的這些花，我是洗不乾淨了。你們都不要再管我，你叫媽媽不要再哭好不好？我最怕眼淚，鳳子嫁人的時候，我沒掉過一滴眼淚；別人用拳頭打歪我的鼻梁，我也沒哼一聲。不要叫我去上學，我討厭老師、討厭學校，他們都要我學姊姊們，做個好學生。我不要做好學生，我要成功，有一次我會漂漂亮亮地站在大家面前，那時，沒有人會再瞧不起我。你等著，有一天！姊姊，你看到沒有，我的頭髮白了，我的心裡也不好受，我要成功。每個人的眼中只有錢，我要很多很多錢……

我制止他繼續說下去。我說：那麼你去學畫，你不知道你畫得有多好，以前你畫的圖，貼在家裡，還有人願意花錢買它呢！弟弟不說話，只是睜著無神的大眼睛，空空洞洞地看著我，他的眼神看了教人發抖。我看到他的頭髮居然夾著許多白白的……

然後，更多的謠言都來了，擋都擋不住，弟弟騙錢。弟弟被暗殺。弟弟斷了兩個手指，弟弟開賭場………。我從沒看過他打人、聽過他說一句髒話，他在家是個乖孩子，在我們面前是最會撒嬌的弟弟，他怎麼可能去搶人傷人，我不相信。

謠言越來越可怕。後來就聽說弟弟主使三個人搶地下錢莊，錢到手後，警方抓人，一個被捕，弟弟和其餘兩人跑了。被捕的那個人把所有的罪過全部推到弟弟頭上。我們都在找弟弟，警方也在找弟弟。

有一天下午，我接到鳳子的電話。她說弟弟想要跟我說話，我想罵他，但我的聲音和手一直發抖，我只是說：「你害怕嗎？」他說：「害怕。」我說：「不要怕，姊會替你想辦法。你有沒有？」弟弟沒答腔，我再說：「我知道你沒有對不對，那就出來自首……」說到這裡電話就掛斷了。

那一陣子，我常做噩夢，有一次夢見弟弟的頭髮全白了，變成一個很老很老的人，又有一次，我夢見我是法官、弟弟手銬腳鐐押進法庭，結果，我判他死刑。

祖父過世出殯那天，鳳子來了。好幾年沒見，她還是一樣標致，穿著一身黑，一進門就往祖父的靈前下跪。母親去扶她，她附在母親的耳邊說，弟弟也來了，躲在外面。我就知道，弟弟是多情的人，不會忘記祖父最疼他。鳳子說，弟弟整個人都變形了。臉孔又黑又乾，夜裡常看他驚醒，人坐得直直地發怔，好嚇人。我往門外看，找尋弟弟的身影，依稀在遠遠的騎樓邊有人影閃動，我知道，那一定是弟弟。

接下來，弟弟自殺，弟弟被捕，開庭又開庭，偵訊又偵訊，初審判十二年，弟弟上手銬，弟弟坐牢。 但是，我一次也沒去看他，我不相信弟弟會犯罪。母親去看回來說，弟弟胖了一點。理了個大光頭，看到人只會傻笑，母親卻哭得說不出話來。

然後，他就來信了。說他在裡面讀日文，說姊姊不要為我傷心，就當我出國留學去了。寄書的時候，記得不要寄新的，要舊的，一次限三本，不要忘記。在這裡嘴好饞，叫媽給我帶肉乾來好不好？可惜我那一大堆名牌衣服沒人穿了。姊姊，祝你新婚快樂，可惜我不能參加你的婚禮…

我否認這一切……我的弟弟是小王子，他有著清澈的眼睛，以及天真單純的心靈，他逗人喜歡，沒有人會拒絕他。他有一朵驕傲的玫瑰，只有四枚刺，可是，他太年輕，不知道怎麼去愛它。

我的弟弟是小王子，他暫時不會回來了。

（原載民國七十六年六月二十二日中國時報「人間」副刊）

➲作者介紹

周芬伶（1955-），臺灣屏東縣潮州鎮人。政治大學中文系畢業，東海大學中文系碩士，任教於東海大學中文系。周芬伶跨足多種創作形式，散文、小說、兒童文學和口述歷史等。熱愛戲劇，成立「十三月戲劇場」，擔任舞台總監，並自己創作劇本。曾獲聯合報散文獎、中山文藝散文獎、中國文藝協會文藝獎章、吳魯芹散文獎、吳濁流小說獎。

周芬伶文學風格隨歷程的變化，呈現不同風貌。早期散文風格婉約細緻、感情自然真摯，表現年輕生命的清透純真；隨著進入婚姻階段感觸與體會，周芬伶的文風也開始轉變對情慾、情緒、情感等的議題進行探索，剖析自我，風格轉趨沉鬱，透過文學書寫釋放，相信寫作是「企圖在虛妄中開出花朵」，在生命中學到的深刻體悟，以書寫表達對真實與理想的追求，透過書寫與自我的對話，內觀覺察，在淬鍊中，突破生命的困境，逐漸成熟，展現在各類型文學創作中，是當代著名散文創作者。著名散文作品有《絕美》、《花房之歌》、《汝色》、《母系銀河》、《紫蓮之歌》、《蘭花辭》、《雜種》、《散文課》等。

3.〈示愛〉／廖玉蕙

女兒常常對我灌迷湯，我文章寫好了，念給她聽，她總是再三讚嘆：「媽！你寫得真好！你真的好棒哦！」

聽完還不算，甚至再把稿子拿過去，自己再看一遍，一副愛不釋手模樣，使我的虛榮心得到最大的滿足。不像她哥哥，只要我寫完一篇文章，欠起身，他一定慌慌張張逃走，邊逃邊說：「我不想聽，千萬別念給我聽，也別教我看，我受不了！」偶爾買了新衣，在鏡子前顧影自憐，女兒總在一旁全程參與，並不厭其煩的給我打氣：「這件衣服真好看，以後你不穿了，不要送別人，就送給我好嗎？」「哇！媽！你的身材真不錯哪！我們同學的媽媽，很多都胖得變形了耶！」而她的哥哥可就大不相同了。非但讚美的話絕不肯出口，還在一旁潑冷水：「媽！你別信妹妹的甜言蜜語，你要真信了，就是自甘墮落。」「妹，你真會諂媚欸！也不怕閃到舌頭！」

他形容妹妹對媽媽是「死忠」，他說：「還不只是『愚忠』，根本是『死忠』，九死而無悔的那一種。」

然而，不管是否死忠，女兒甜蜜的言語的確讓人頗為受用。我的抽屜裡，充滿了各式各樣的卡片，上面寫著：「我好驕傲有一個好媽媽。」「今天雖然不是什麼節日，但在我心中，每天都是母親節，雖然只是一張小小的卡片，卻代表我無限的謝意。「……」

家裡的白板上，不時地會出現一些道謝或道歉的話，甚至一些示愛的文字。有時在學校上了一天課，筋疲力竭的回家，看到女兒上學前在白板上留了這樣的話：「親愛的爸媽：您們辛苦了！我愛您們！女兒敬上。」

霎時間，疲累全消，覺得人生並不全然毫無意義。

那年，父親過世已有一段時日，母親心情抑鬱，寡言少語。為了解除她的寂寞，我們接她北上和我們同住。母親一向手腳伶俐，在那一段時日裡，她總是搶著幫我做飯，我當時除教書外，還得去上博士班的課程，有了母親的幫忙，的確讓我少操了不少的心，不論是工作上或精神上都受益良多。

一日，我在中正理工學院教完早上四節的課，又趕著下午兩點去東吳當學生在驅車回家的途中，我想到這些日子來，每次急慌慌踏進家門，母親總會及時端出熱騰騰的新鮮飯菜，相較於以往的潦草的微波餐，有母親的日子，實在是太幸福了。而我儘管早就有這樣的感覺，為什麼從來未曾向母親表達內心的感受呢？我不是常常因為女兒的甜言蜜語而覺得精神百倍嗎？難道我的母親就不想聽她女兒的感謝嗎？我是不是應該學學女兒，勇敢地向母親示愛呢？

車程滿長的，我有足夠的時間來培養勇氣。在我的生命歷程中，從來沒有向長輩示愛的紀錄，開口說這樣的話的確需要時間來培養。我決定一進門就啟齒，然而，當房間一打開，母親綻開笑靨，朝我說：「回來啦！吃飯囉！……」

我突然一陣害羞，因之錯失了最好的時機。我教書十餘年，演講無數次，從來沒有一次像這次這般艱難。我覺得有些懊惱，決定再接再厲，我安慰自己：「沒關係，第一次總是最難的，跨過了這一關，以後就簡單了。」

吃飯時，我一直在伺機行動，以至於顯得有些心不在焉，幾次答非所問，母親奇怪地問我：「你今天是安怎？為什麼奇奇怪怪？」

我開始佩服女兒了，怎麼她能把感情表達得如此自然，一點也不疙瘩，而我卻這般費力！

飯吃完了，我還是沒說，心裡好著急，再不把握機會，這句話恐怕就只好永遠藏在心裡了。碗一放，我低頭看著碗，勇敢地說：「媽！我覺得自己好幸福！四十幾歲的人，中午還有媽媽做了熱騰騰的飯菜等我回來吃。」

我頭都不敢抬地很快地說完這話，也不敢去看母親，便急急地奔進書房裡，取了下午要帶的書，倉卒奪門而去，心情比當年參加大專聯考還緊張。

那天傍晚從學校回來，母親已在廚房忙著，我悄悄打開門進屋時，發現自己從父親過世後就不曾再開口唱歌的母親，居然又恢復了以前的習慣，在廚房邊打點著菜，邊唱著歌。

（選自《不信溫柔喚不回》。臺北：九歌，1994）

➲作者介紹

廖玉蕙（1950-），臺灣臺中縣潭子鄉人。東吳大學中文系畢業，東吳大學中文系博士。東吳大學中文系助理教授、中正理工學院副教授，國立臺北教育大學教授，並為全球華人文藝協會、中國婦女寫作協會理事。曾獲中國文藝協會文藝獎章、中山文藝獎、中興文藝獎章、吳魯芹散文獎。

廖玉蕙創作文類廣泛，散文、論述、小說及報導文學多有著墨，其中多以散文為主。散文內容多從日常生活的觀察與感觸出發，她提到：「人生行道上處處俱是驚詫與歡喜，大時代裡，即使是小人物也有屬於他自己、卻又返照他人的說不完的故事。」、「只有真心對待、不以諂笑柔色應酬，人間才有華彩；寫作也是這樣，唯有著誠去偽，不以溢言曼辭入章句，文章才有真精神。」她以「說故事人」的角度出發，從身邊人事物到對時事觀察，在尋常生活中細膩分享人生百態，幽默溫暖時而發人深思的筆觸，引領讀者走進觀察的事件中，深受讀者喜愛。從人間世淡而有味的平常生活，體會生命的豁達，溫潤寬廣。著有散文集《不信溫柔喚不回》、《嫵媚》、《如果記憶像風》、《沒大沒小》、《像我這樣的老師》、《公主老花眼》、《後來》、《純真遺落》等多部作品。

➲問題與討論

1. 荊棘〈南瓜——獻給母親十二周年忌辰〉一文中，藉由南瓜的成長敘說親情間互動的點滴，請問：你覺得作者釋懷了嗎？
2. 荊棘是如何借用南瓜的成長過程，帶出父親、母親與孩子的互動？請從A. 父親、B. 母親、C. 孩子們，揣摩三方當時的心情。
3. 〈南瓜——獻給母親十二周年忌辰〉的親子關係如何？若自己或朋友處於這樣關係緊張的家庭，你會建議為人子女要如何和父母相處？
4. 周芬伶〈小王子〉一文中將弟弟比喻為小王子。在得知弟弟所發生的事情後，文中多處見到「聽說」二字，請問：作者以何種態度面對？
5. 如果〈小王子〉一文中那位弟弟是自己的家人，請問你會如何面對行為乖張、令人心痛又屢勸不聽的家人？
6. 本文以〈小王子〉作為篇名，請問文中情節發展和法國作家安東尼・德・聖埃克蘇佩里所寫《小王子》（Le Petit Prince）是無意的巧合？還是有意關聯？請以故事比較的角度，尋找可能的連結。
7. 在〈示愛〉一文中，請問有幾位主動示愛、表達關心？他們的表達方式又是如何？
8. 「愛在心裡口難開」是怎樣的狀態？請以作者的心情及自身經驗，舉例分享。

9. 請問接受「示愛」的人心裡感受如何？請從文中接受「示愛」的人聽後反應及自身經驗，說明分享。
10. 本單元三篇文章中，哪一篇最能引起你的共鳴？文中哪些佳句觸動你心靈的感動？

➲寫作引導

龍應台在《親愛的安德烈：兩代共讀的36封家書》說：「父母親，對於一個二十歲的人而言，恐怕就像一棟舊房子：你住在它裡面，它為你遮風擋雨，給你溫暖和安全，但是房子就是房子，你不會和房子去說話，去溝通，去體貼它、討好它。搬家具時碰破了一個牆角，你也不會去說『對不起』，父母啊，只是你完全視若無睹的住慣了的舊房子吧。……所謂父母，就是那不斷對著背影既欣喜又悲傷、想追回擁抱又不敢聲張的人。」（第17封〈你是哪國人〉）這是父母親的觀點，認為孩子把父母的愛視為理所當然，把關懷和訓勉當作是嘮叨；但真是這樣嗎？廖玉蕙說：「人生是一個長長的尋愛過程」、「愛，這個字果然是最麻煩！」在親情之間常怯於表達，渴愛卻不敢言，或是以負面的方式表達關愛，反而適得其反。不要讓彼此之間的關心與在意僅停留於喉間而發不出聲，寫一封信給關心的人，把你自己的想法與主張，或是對他們的愛與感謝大膽地說出來吧！

➲講授內容

書信寫作要點。

➲活動與作業

給父母家人的情書：

1. 以「情書」為主題，體裁限定為書信體，請寫一封情書給父母或家人，說出你內心想說的話，傳達出你平常不敢當面說的想法，或者是大方傾訴對他們的情感與思念。
2. 對象：父母、家中長輩或重要的家人。
3. 格式：直式或橫式皆可。
4. 內容：稱謂、開頭問候語、本文、結尾祝福語、祝頌與署名等書信完整格式。
5. 字數：800字以上。

➲延伸閱讀

1. 朱立立（1983）。《荊棘裏的南瓜》。臺北：爾雅。
2. 朱立立（1996）。《蟲與其他》。臺北：爾雅。
3. 周芬伶（2012）。《汝色》。臺北：九歌。
4. 林文月（1980）。〈生日禮物——為蔚兒十六歲生日而寫〉，載於《讀中文系的人》。臺北：洪範。
5. 周芬伶（2005）。《母系銀河》。臺北：印刻。
6. 廖玉蕙（2011）。《九歌》。臺北：九歌。
7. 廖玉蕙（2006）。《不信溫柔喚不回》。臺北：九歌。
8. 安德烈（2007）。《親愛的安德烈：兩代共讀的36封家書》。臺北：天下雜誌。

9. 龍應台（2008）。〈目送〉，載於《目送》。臺北：時報文化。
10. 傅雷（1988）。《傅雷家書選》。臺北：聯合文學。

➲相關影片

1. 陳凱歌（導演）（2002）。《和你在一起》。中國。
   ——在親情和成功之間，我選擇和你（爸爸）在一起。
2. 瑪蒂・柏恩等（監製）、萊斯・霍斯壯（導演）（2010）。《最後一封情書》（*Dear John*）。美國：Relativity Media、Temple Hill Productions。
   ——在父親病榻前唸一封信，道盡無限的愛與感謝。
3. 詹姆士・L・布魯克斯（監製、導演）（1983）。《親密關係》（Terms of Endearment）。美國。
   ——面對即將失去的家人，才知知道愛原來那麼深，而且始終都在。
4. 茱莉亞・羅勃茲等（監製）、克里斯・哥倫布（導演）（1998）。《親親小媽》（Stepmom）。美國。
   ——不是血緣的親情，有愛無礙，在愛內就有勇氣。
5. Philippe Rousselet等（監製）、艾瑞克拉緹戈（導演）（2014）《貝禮一家》（法語：*La Famille Bélier*）。法國：France 2 Cinéma等。
   ——親子的溝通需要的不是語言，而是彼此的開放、接納和包容。

第三單元

生活停看聽——生活議壇

主題：活出自我與關懷眾生

➲教學目標

1. 透過文本的閱讀，使學生學習觀察日常生活的點點滴滴，嘗試以不同角度觀察自己所處的環境與社會。
2. 引導學生建構自己的思惟，並將思維做有序的表達，以形成文字篇章。
3. 在思惟的過程中，指導學生以擬綱要的方式，協助自己思考，並以簡圖協助分析與理解。

➲課程規劃說明

學生在成長的過程中，大部分的知識是被給與的。這些知識大部分是沒有經過自我反省就接受了。就文章的寫作也好，或是個人的自我成長也好，這都不是個好現象。我們希望學生能獨立思考，就要先讓學生批判、翻轉乃至解構他們的舊知識和經驗，哪怕一時之間他們的想法是不完整或不成熟的。這樣的青澀歲月，本就是成長的表徵，只有在通過這樣的洗禮後，生命才有成長的可能。

本單元希望引導學生在生活上多觀察及思惟，翻轉舊思想、舊觀點，嘗試一下思想的冒險，讓大腦在運動場上奔馳，讓智慧在稚氣的臉上閃耀，讓我們大家的理性在文字間酣暢交流。

所以本單元以林語堂先生的兩篇文章——〈人類是唯一在工作的動物〉、〈理想中的女性〉，與朱光潛先生的一篇文章——〈「當局者迷，旁觀者清」藝術和實際人生的距離美〉為例。林先生的文風幽默而論理精闢，常有驚人之言，是很好翻轉思惟的範例，不過在林先生的文中，有些觀念則是舊社會的想法，與現代社會有些距離，正可以做為學生批判的對象，可以透過對文中觀念的反省釐清自己的想法。朱先生的文章理論性較強，善於建構系統思惟。本單元透過這三篇範文的例舉與學習，再加上寫作的指引，可以引領學生在現實生活中仔細觀察，並寫出很不一樣篇章。

➲閱讀文本

1.〈人類是唯一在工作的動物〉／林語堂

人生的盛宴已經擺在我們的面前，現在唯一的問題是我們的胃口怎樣。問題是胃口而不是盛宴。關於人，最難了解的事情終究是他對工作的觀念，及他指定給自己做的工作或社會指定給他做的工作。世間的萬物都在悠閒中過日子，只有人類為生活而工作著。他工作著，因為他必須工作，因為在文化日益進步的時候，生活也變得更加複雜，到處是義務、責任、恐懼、阻礙和野心，這些東西不是由大自然產生出來的，而是由人類社會產生出來的。當我在這裡坐在我的書台邊時，一隻鴿子在我窗外繞著一座禮拜堂的尖塔飛翔著，毫不憂慮午餐吃什麼東西。我知道我的午餐比那鴿子的午餐複雜得多，我也知道我所要吃的幾樣東西，乃是成千累萬的人們工作的結果，需要一個極複雜的種植、貿易、運輸、遞送和烹飪的制度，為了這個原因，人類要獲得食物是比動物更困難的。雖然如此，如果一隻莽叢中的野獸跑到都市來，知道人類生活的匆忙是為了什麼目的，那麼，牠對這個人類社會一定會發生很大的疑惑。

那莽叢中的野獸的第一個思想一定是：人類是唯一在工作的動物。除了幾隻馱馬和磨坊里的水牛之外，連家畜也不必工作。警犬不大有執行職務的機會；以守屋為職責的家犬多數的時候是在玩耍的，早晨陽光溫暖的時候總要舒舒服服地睡一下；那貴族化的貓兒的確不會為生活而工作，天賦給牠一個矯捷的身體，使牠可以隨時跳過鄰居的籬笆，牠甚至於不感覺到牠是被俘囚的——牠要到什麼地方去就去。所以，世間只有這個勞苦工作著的人類，馴服地關在籠子裡，可是沒有食物的供養，被這個文化及複雜的社會強迫著去工作，去為自己的供養問題而煩慮著。我知道人類也有其長處——知識的愉快，談話的歡樂和幻想的喜悅，例如，在看一齣舞台戲的時候。可是我們不能忘掉一個根本的事實，就是：人類的生活弄得太複雜了，光是直接或間接供養自己的問題，已經需要我們人類十分之九以上的活動了。文化大抵是尋找食物的問題，而進步是一種使食物越來越難得到的發展。如果文化不使人類那麼難獲得食物，人類絕對沒有工作得那麼勞苦的必要。我們的危機是在過分文明，是在獲取食物的工作太苦，因而在獲取食物的過程中，失掉吃東西的胃口——我們現在的確已經達到這個境地了。由莽叢中的野獸或哲學家的眼光看起來，這似乎是沒有什麼意義的。

我每次看見都市的摩天樓或一望相連的屋頂時，總覺得心驚膽顫。這真是令人驚奇的景象。兩三座水塔，兩三個釘廣告牌的銅架，一兩座尖塔，一望相連的瀝青的屋頂材料和磚頭，形成一些四方形的、矗立的、垂直的輪廓，完全沒有什麼組織或次序，點綴著一些泥土，褪色的煙突，以及幾條曬著衣服的繩索和交叉著的無線電天線。我俯視街道，又看見一列灰色或褪色的紅磚的牆壁，牆壁上有成列的、千篇一律的、陰暗的小窗，窗門一半開著，一半給陰影掩蔽著，窗檻上也許有一瓶牛乳，其他的窗檻上有幾盆細小的病態的花兒。每天早上，有一個女孩子帶著她的狗兒跑到屋頂來，坐在屋頂的樓梯上曬太陽。當我再仰首眺望時，我看見一列一列的屋頂，連結幾英里遠，形成一些難看的四方形的輪廓，一直伸展到遠方去。又是一些水塔，又是一些磚屋。人類便居住在這裡。他們怎樣居住呢？每一家就住在這麼一兩個陰暗的窗戶的後邊嗎？他們做什麼事情過活呢？說來真是令人咋舌。在兩三個窗戶的後邊就有一對夫妻，每天晚上像鴿子那樣地回到他們的鴿籠里去睡覺；接著他們在早晨清醒了，喝過咖啡，丈夫到街上去，到某地方為家人尋找麵包，妻子在家裡不斷地、拚命地要把塵埃掃出去，使那小地方乾淨。到下午四五點鐘時她們跑到門邊，和鄰居相見，大家談談天，吸吸新鮮空氣，到了晚上，他們帶著疲乏的身體再上床去睡。他們就這樣生活下去啦！

還有其他比較小康的人家，住在較好的公寓里。他們有著更「美術化」的房間和燈罩。房間更井然有序，更乾淨！房中比較有一點空處，但也僅是一點點而已。租了一個七個房間的公寓已算是奢侈的事情，更不必說自己擁有一個七個房間的公寓了！可是這也不一定使人有更大的快樂。較沒有經濟上的煩慮，債務也較少，那是真的。可是同時卻較多情感上的糾紛，較多離婚的事件，較多不忠的丈夫晚上不回家，或夫妻倆晚上一同到外邊去遊樂放蕩。他們所需要的是娛樂。天啊，他們須離開這些單調的、千篇一律的磚頭牆壁和發光的木頭地板去找娛樂！他們當然會跑去看裸體女人啦。因此患神經衰弱症的人更多，吃阿司匹靈藥餅的人更多，患貴族病的人更多，患結腸炎、盲腸炎和消化不良症的人更多，患腦部軟化和肝臟變硬的人更多，患十二指腸爛潰症和腸部撕裂症的人更多，胃部工作過度和腎臟負擔過重的人更多，患膀胱發炎和脾臟損壞症的人更多，患心臟脹大和神經錯亂的人更多，患胸部平坦和血壓過高的人更多，患糖尿病、腎臟炎、腳氣症、風濕痺、失眠症、動脈硬化症、痔疾、瘻管、慢性痢疾、慢性大便秘結、胃口不佳和生之厭倦的人更多。這樣還不夠，還得使狗兒多些，孩子少些。快樂的問題完全看那些住在高雅的公寓裡的男女的性質和脾氣如何而定。有些人的確有著歡樂的生活，但其他的人卻沒有。可是在大體上說來，他們也許比那些工作勞苦的人更不快樂；他們感到更大的無聊和厭倦。然而他們有一部汽車，或許也有一座鄉間住宅。啊，鄉間住宅，這是他們的救星，這麼一來，人們在鄉間勞苦工作，希望到都市去，在都市賺到足量的金錢，可以再回鄉間去隱居。

當你在都市裡散步的時候，你看見大街上有美容室、鮮花店和運輸公司，後邊一條街上有藥店、食品雜貨店、鐵器店、理髮店、洗衣店、小餐館和報攤。你閒蕩了一個鐘頭，如果那是一個大都市的話，你依然是在那都市裡；你只看見更多的街道、更多的藥店、食品雜貨店、鐵器店、理髮店、洗衣店、小餐館和報攤。這些人怎樣生活度日呢？他們為什麼到這裡來呢？答案很簡單。洗衣匠洗理髮匠和餐館堂倌的衣服，餐館堂倌侍候洗衣匠和理髮匠吃飯，而理髮匠則替洗衣匠和堂倌理髮，那便是文化。那不是令人驚奇的事嗎？我敢說有些洗衣匠、理髮匠和堂倌一生不曾離開過他們工作的地方，到十條街以外的地方去的。謝天謝地，他們至少有電影，可以看見鳥兒在銀幕上唱歌，看見樹木在生長，在搖曳。土耳其、埃及、喜馬拉雅山、安第斯山（Andes）、暴風雨、船舶沉沒、加冕典禮、螞蟻、毛蟲、麝鼠、蜥蜴和蝎的格鬥，山丘、波浪、沙、雲，甚至於月亮——一切都在銀幕上！

呵，智慧的人類，極端智慧的人類！我讚頌你。人們勞苦著，工作著，為生活而煩慮到頭髮變白，忘掉遊玩：這種文化是多麼不可思議啊！

（選自《人生的盛宴》。長沙市：湖南文藝，2002）

2.〈理想中的女性〉／林語堂

女人的深藏，在吾人的美的理想上，在典型女性的理想上，女子教育的理想上，以至戀愛求婚的形式上都有一種確定不移的勢力。

對於女性，中國人與歐美人的概念彼此大異。雖雙方的概念都以女性為包含有嬌媚神祕的意識，但其觀點在根本上是不同的，這在藝術園地上所表現者尤為明顯。西洋的藝術，把女性的肉體視作靈感的源泉和純粹調和形象的至善至美。中國藝術則以為女性肉體之美係模擬自然界的調和形象而來。對於一個中國人，像紐約碼頭上所高聳著的女性人像那樣，使許許多多第一步踏進美國的客人，第一個觸進眼簾的便是裸體的女人，應該感覺得駭人聽聞。女人家的肉體而可以裸露於大眾，實屬無禮之至。尚使他得悉女人在那兒並不代表女性，而是代表自由的觀念，尤將使他震駭莫名。為什麼自由要用女人來代表？又為什麼勝利、公正、和平也要用女人來代表？這種希臘的理想對於他是新奇的，因為在西洋人的擬想中，把女人視為聖潔的象徵，奉以精神的微妙的品性，代表一切清淨、高貴、美麗和超凡的品質。

對於中國人，女人爽脆就是女人，她們是不知道怎樣享樂的人類。一個中國男孩子自幼就受父母的告誡，倘使他在掛著的女人褲襠下走過，便有不能長大的危險。是以崇拜女性有似尊奉於寶座之上，和暴裸女人的肉體這種事實為根本上不可能的。由於女子深藏的觀念，女性肉體之暴露，在藝術上亦視為無禮之至。因而德勒斯登陳列館（Dresden Gallery）的幾幅西洋畫傑作，勢將被目為猥褻作品。那些時髦的中國現代藝術家，他們受過西洋的洗禮，雖還不敢這樣說。但歐洲的藝術家卻坦白地承認一切藝術莫不根源於風流的敏感性。

其實中國人的性的欲望也是存在的，不過被掩蓋於另一表現方法之下而已。婦女服裝的意象，並非用以表現人體之輪廓，卻用以模擬自然界之律動。一位西洋藝術家由於習慣了敏感的擬想，或許在升騰的海浪中可以看出女性的裸體像來；但中國藝術家卻在慈悲菩薩的披肩上看出海浪來。一個女性體格的全部動律美乃取則於垂柳的柔美線條，好像她的低垂的雙肩。她的眸子比擬於杏實，眉毛比擬於新月，眼波比擬於秋水，皓齒比擬於石榴子，腰則擬於細柳，指比擬於春筍，而她的纏了的小腳，又比之於彎弓。這種詩的辭采在歐洲未始沒有，不過中國藝術的全部精神，尤其是中國婦女裝飾的範型，卻鄭重其事的符合這類辭采的內容。因為女人肉體之原形，中國藝術家倒不感到多大興趣。吾人在藝術作品中固可見之。中國畫家在人體寫生的技巧上，可謂慘淡地失敗了。即使以仕女畫享盛名的仇十洲（明代），他所描繪的半身裸體仕女畫，很有些像一顆一顆番薯。不諳西洋藝術的中國人，很少有能領會女人的頸項和背部的美的。《雜事秘辛》一書，相傳為漢代作品，實出於明人手筆，描寫一種很準確而完全的女性人體美，歷歷如繪，表示其對於人體美的真實愛好，但這差不多是唯一的例外。這樣的情形，不能不說是女性遮隱的結果。

在實際上，外表的變遷沒有多大關係。婦女的服裝可以變遷，其實只要穿在婦女身上，男人家便會有美感而愛悅的可能，而女人呢，只要男人家覺得這個式樣美，她便會穿著在身上。從維多利亞時代鋼箍擴開之裙變遷而為二十世紀初期纖長的孩童樣的裝束，再變而至1935年的梅蕙絲（Mae West）摹仿熱，其間變化相差之程度，實遠較中西服式之歧異尤為惹人注目。只消穿到女人身上，在男人的目光中，永遠是仙子般的錦繡。倘有人辦一個婦女服飾的國際展覽會，應該把這一點弄得清清楚楚。不過二十年前中國婦女滿街走著都是短襖長腳褲，現在都穿了頎長的旗袍把腳踝骨都掩沒了；而歐美女子雖還穿著長裙，我想寬薄長腳褲隨時有流行的可能。這種種變遷的唯一的效果，不過使男子產生一顆滿足的心而已。

尤為重要者，為婦女遮隱與典型女性之理想的關係。這種理想便是「賢妻良母」。不過這一句成語在現今中國受盡了譏笑。尤其那些摩登女性，他們迫切的要望平等、獨立、自由。她們把妻子和母性看作男人們的附庸，是以賢妻良母一語代表道地的混亂思想。

讓我們把兩性關係予以適宜之判斷。一個女人當她做了母親，好像從未把自己的地位看作視男人的好惡為轉移的依賴者。只有當她失去了母親的身分時才覺得自己是十足的依賴人物。即在西洋，也有一個時期母性和養育子女不為社會所輕視，亦不為女人們自己所輕視，一個母親好像很適配女人在家庭中的地位，那是一個崇高而榮譽的地位。生育小孩，鞠之育之，訓之誨之，以其自己的智慧誘導之以達成人，這種任務，在開明的社會裡，無論如何都決非為輕鬆的工作。為什麼她要被視為社會的經濟的依賴男人，這種意識真是難於揣測的，因為她能夠擔負這一樁高貴的任務，而其成績優於男子。婦女中亦有才幹傑出，不讓鬚眉者，不過這樣才幹婦女其較量確乎是比較的少，少於德謨克拉西所能使吾人信服者。對於這些婦女，自我表現精神的重要，等於單單生育些孩子。至於尋常女人，其數無量，則寧願讓男人掙了麵包回來，養活一家人口，而讓自家專管生育孩子。若云自我表現精神，著者蓋嘗數見許多自私而卑劣的可憐蟲，卻能發揚轉化而為仁慈博愛，富於犧牲精神的母性，她們在兒女的目光中是德行完善的模範。著者又曾見過美麗的姑娘，她們不結婚，而過了三十歲，額角上早早浮起了皺紋，她們永不達到女性美麗的第二階段，即其姿容之榮繁輝發，有如盛秋森林，格外成熟，格外通達人情，復格外輝煌燦爛，這種情況，在已嫁的幸福婦人懷孕三月之後，尤其是常見的。

女性的一切權利之中，最大的一項便是做母親。孔子稱述其理想的社會要沒有「曠男怨女」，這個理想在中國經由另一種羅曼斯和婚姻的概念而達到了目的。由中國人看來，西洋社會之最大的罪惡為充斥眾多之獨身女子，這些獨身女子，本身無過失可言，除非她們愚昧地真欲留駐嬌媚的青春；她們其實無法自我發抒其情愫耳。許多這一類的女子，倒是大人物，像女教育家、女優伶，但她們倘做了母親，她們的人格當更為偉大。一個女子，倘若愛上了一個無價值的男子而跟他結了婚，那她或許會跌入造物的陷阱，造物的最大關心，是只要她維繫種族的傳種而已；可是婦女有時也可以受造物的賞賜而獲得一鬈美秀髮的嬰孩，那時她的勝利，她的快樂，比之她寫了一部最偉大的著作尤為不可思議；她所蒙受的幸福，比之她在舞台上獲得隆盛的榮譽時尤為真實。鄧肯女士（Isalora Duncan）足以證明這一切。假使造物是殘酷的，那麼造物正是公平的，他所給予普通女人的，無異乎給予傑出的女人者，他給予了一種安慰。因為享受做母親的愉快是聰明才智女人和普通女人一樣的情緒。造物鑄成了這樣的命運而讓男男女女這樣的活下去。

（選自《人生的盛宴》。長沙市：湖南文藝，2002）

➲作者介紹

林語堂出生在貧窮的牧師家庭，幼年家居福建廈門外的鼓浪嶼。1912年在上海聖約翰大學學習英文，1916年獲得學士學位，之後於清華大學英文系任教。1919年赴哈佛大學文學系留學，於1921年獲比較文學碩士學位，之後赴法國。同年轉赴德國攻讀語言學，先入耶拿大學，轉萊比錫大學，於1923年以《古漢語語音學》（Altchinesische Lautlehre）為博士論文獲該校博士學位。1920年回鼓浪嶼與廖翠鳳女士結婚，兩人相伴一生。

1923年回中國，在北京大學任教，並擔任英文系主任。1926年出任北京女子師範大學教務長，同年回廈門大學任文學院長。1927年任中華民國外交部秘書。隨後的幾年當中，他創辦多本文學刊物，提倡「以自我為中心，以閒適為格調」的小品文，對之後的文學界影響深遠。1924年將英文的「humor」譯為「幽默」，在中文裡「幽默」一詞雖非首次出現，但林語堂卻是首次把英文humor對譯為中文「幽默」的人。

1930年代，林語堂所編著開明英文讀本成為全國各校通用之教材。1935年後，在美國用英文撰寫《吾國與吾民》（My Country and My People，1935）、《京華煙雲》（Moment in Peking，1939）、《風聲鶴唳》（1941）等作品。

《吾國與吾民》主要是介紹中國的傳統思想、哲學、文化和藝術，敘述當時中國社會的發展和中華民族的性格，為當代歐美人士了解中國文化的重要著作。《生活的藝術》更是所有著作中，譯本最多的作品。1944年到重慶講學，1947年任聯合國教科文組織美術與文學主任。後到巴黎從事小說創作，有作品《唐人街家庭》問世。

1948年返回美國從事寫作。1954年新加坡籌建南洋大學，受聘擔任首任校長，但後來由於經費的管理問題，與南洋大學董事會意見相左，在大學開學前離職。

1966年定居臺灣，1967年受聘為香港中文大學研究教授。1975年被推舉為國際筆會副會長，他於1972年和1973年被國際筆會推薦為當年諾貝爾文學獎候選人。1976年3月26日在香港逝世，同年四月移靈臺北，葬於臺北陽明山仰德大道林語堂故居後園中。

林語堂既有雄厚的中國古典文學的功底，又有很好的英文造詣，還致力於現代白話文的研究和推廣，在語言與文學上貢獻卓著。

3.〈「當局者迷，旁觀者清」藝術和實際人生的距離〉／朱光潛

有幾件事實我覺得很有趣味，不知道你有同感沒有？

我的寓所後面有一條小河通萊茵河。我在晚間常到那裡散步一次，走成了習慣，總是沿東岸去，過橋沿西岸回來。走東岸時我覺得西岸的景物比東岸美；走西岸時適得其反，東岸的景物又比西岸的美。對岸的草木房屋固然比較這邊的美，但是它們又不如河裡的倒影。同是一棵樹，若它的正身本極平凡，看它的倒影卻帶有幾分另一世界的色彩。我平時又歡喜看煙霧朦朧的遠樹，大雪覆蓋的世界和更深夜靜的月景。本來是習見不以為奇的東西，讓霧、雪、月蓋上一層白紗，便見得很美麗。

北方人初看到西湖，平原人初看到峨嵋，雖然審美力薄弱的村夫，也驚訝它們的奇景；但在生長在西湖或峨嵋的人除了以居近名勝自豪以外，心裡往往覺得西湖和峨嵋實在也不過如此。新奇的地方都比熟悉的地方美，東方人初到西方，或是西方人初到東方，都往往覺得面前景物件件值得玩味。本地人自以為不合時尚的服裝和舉動，在外方人看，卻往往有一種美的意味。

古董癖也是很奇怪的。一個周朝的銅鼎或是一個漢朝的瓦瓶在當時也不過是盛酒盛肉的日常用具，在現在卻變成很稀有的藝術品。固然有些好古董的人是貪它值錢，但是覺得古董實

在可玩味的人卻不少。我到外國人家去時，主人常歡喜拿一點中國東西給我看。這總不外瓷羅漢、蟒袍、漁樵耕讀圖之類的裝飾品，我看到每每覺得羞澀，而主人卻誠心誠意地誇獎它們好看。

種田人常羨慕讀書人，讀書人也常羨慕種田人。竹籬瓜架旁的黃粱濁酒和朱門大廈中的山珍海鮮，在旁觀者所看出來的滋味都比當局者親口嘗出來的好。讀陶淵明的詩，我們常覺到農人的生活真是理想的生活，可是農人自己在烈日寒風之中耕作時所嘗到的況味，絕不似陶淵明所描寫的那樣閑逸。

人常是不滿意自己的境遇而羨慕他人的境遇，所以俗話說：「家花不比野花香」。人對於現在和過去的態度也有同樣的分別。本來是很酸辛的遭遇到後來往往變成很甜美的回憶。我小時在鄉下住，早晨看到的是那幾座茅屋，幾畦田，幾排青山，晚上看到的也還是那幾座茅屋，幾畦田，幾排青山，覺得它們真是單調無味，現在回憶起來，卻不免有些留戀。

這些經驗你一定也注意到的。它們是什麼緣故呢！這全是觀點和態度的差別。看倒影，看過去，看旁人的境遇，看稀奇的景物，都好比站在陸地上遠看海霧，不受實際的切身的利害牽絆，能安閑自在地玩味目前美妙的景致。看正身，看現在，看自己的境遇，看習見的景物，都好比乘海船遇著海霧，只知它妨礙呼吸，只嫌它耽誤程期，預兆危險，沒有心思去玩味它的美妙。持實用的態度看事物，它們都只是實際生活的工具或障礙物，都只能引起欲念或嫌惡。要見出事物本身的美，我們一定要從實用世界跳開，以「無所為而為」的精神欣賞它們本身的形象。總而言之，美和實際人生有一個距離，要見出事物本身的美，須把它擺在適當的距離之外去看。

再就上面的實例說，樹的倒影何以比正身美呢？它的正身是實用世界中的一片段，它和人發生過許多實用的關係。人一看見它，不免想到它在實用上的意義，發生許多實際生活的聯想。它是避風息涼的或是架屋燒火的東西。在散步時我們沒有這些需要，所以就覺得它沒有趣味。倒影是隔著一個世界的，是幻境的，是與實際人生無直接關聯的。我們一看到它，就立刻注意到它的輪廓線紋和顏色，好比看一幅圖畫一樣。這是形象的直覺，所以是美感的經驗。總而言之，正身和實際人生沒有距離，倒影和實際人生有距離，美的差別即起於此。

同理，遊歷新境時最容易見出事物的美。習見的環境都已變成實用的工具。比如我久住在一個城市裡面，出門看見一條街就想到朝某方向走是某家酒店，朝某方向走是某家銀行；看見了一座房子就想到它是某個朋友的住宅，或是某個總長的衙門。這樣的「由盤而之鐘」，我的注意力就遷到旁的事物上去，不能專心致志地看這條街或是這座房子究竟像個什麼樣子。在嶄新的環境中，我還沒有認識事物的實用的意義，事物還沒有變成實用的工具，一條街還只是一條街而不是到某銀行或某酒店的指路標，一座房子還只是其顏色某線形的組合而不是私家住宅或是總長衙門，所以我能見出它們本身的美。

一件本來惹人嫌惡的事情，如果你把它推遠一點看，往往可以成為很美的意象。卓文君不守寡，私奔司馬相如，陪他當壚賣酒。我們現在把這段情史傳為佳話。我們讀李長吉的「長卿懷茂陵，綠草垂石井，彈琴看文君，春風吹鬢影」幾句詩，覺得它是多麼幽美的一幅畫！但是在當時人看，卓文君失節卻是一件穢行醜跡。袁子牙嘗刻一方「錢塘蘇小是鄉親」的印，看他的口吻是多麼自豪！但是錢塘蘇小究竟是怎樣的一個偉人？她原來不過是南朝的一個妓女。和這個妓女同時的人誰肯攀地做「鄉親」呢？當時的人受實際問題的牽絆，不能把這些人物的行為從極繁複的社會信仰和利害觀念的圈套中劃出來，當作美麗的意象來觀賞。我們在時過境遷之後，不受當時的實際問題的牽絆，所以能把它們們當作有趣的故事來談。它們在當時和實際人生的距離太近，到現在則和實際人生距離較遠了，好比經過一些年代的老酒，已失去它的原來的辣性，只留下純淡的滋味。

一般人迫於實際生活的需要，都把利害認得太真，不能站在適當的距離之外去看人生世相，於是這豐富華麗的世界，除了可效用於飲食男女的營求之外，便無其他意義。他們一看到瓜就想它是可以摘來吃的，一看到漂亮的女子就起性欲的衝動。他們完全是占有欲的奴隸。花長在園裡何嘗不可以供欣賞？他們卻喜歡把它摘下來掛在自己的襟上或是插在自己的瓶裡。一個海邊的農夫逢人稱讚他的門前海景時，使得羞澀的回過頭來指著屋後一園菜說：「門前雖沒有什麼可看的，屋後這一園菜卻還不差。」許多人如果不知道周鼎漢瓶是很值錢的古董，我相信他們寧願要一個不易打爛的鐵鍋或瓷罐，不願要那些不能煮飯藏菜的破銅破鐵。這些人都是不能在藝術品或自然美和實際人生之中維持一種適當的距離。

藝術家和審美者的本領就在能不讓屋後的一園菜壓倒門前的海景，不拿盛酒菜的標準去估定周鼎漢瓶的價值，不把一條街當作到某酒店和某銀行去的指路標。他們能跳開利害的圈套，只聚精會神地觀賞事物本身的形象。他們知道在美的事物和實際人生之中維持一種適當的距離。

我說「距離」時總不忘冠上「適當的」三個字，這是要注意的。「距離」可以太過，可以不及。藝術一力面要能使人從實際生活牽絆中解放出來，一方面也要使人能了解，能欣賞，「距離」不及，容易使人回到實用世界，距離太遠，又容易使人無法了解欣賞。這個道理可以拿一個淺例來說明。

王漁洋的《秋柳詩》中有兩句說：「相逢南雁皆愁侶，好語西烏莫夜飛。」在不知這詩的歷史的人看來，這兩句詩是漫無意義的，這就是說，它的距離太近，讀者不能了解它，所以無法欣賞它。《秋柳詩》原來是悼明亡的，「南雁」是指國亡無所依附的故舊大臣，「西烏」是指有意屈節降清的人物。假使讀這兩句詩的人自己也是一個「遺老」，他對於這兩句詩的情感一定比旁人較能了解。但是他不一定能取欣賞的態度，因為他容易看這兩句詩而自傷身世，想到種種實際人生問題上面去，不能把注意力專注在詩的意象上面，這就是說，《秋柳詩》對於他的實際生活距離太近了，容易把他由美感的世界引回到實用的世界。

許多人歡喜從道德的觀點來談文藝，從韓昌黎的「文以載道」說起，一直到現代「革命文學」以文學為宣傳的工具止，都是把藝術硬拉回到實用的世界裡去。一個鄉下人看戲，看見演曹操的角色扮老奸巨滑的樣子惟妙惟肖，不覺義憤填胸，提刀跳上舞台，把他殺了。從道德的觀點評藝術的人們都有些類似這位殺曹操的鄉下佬，義氣雖然是義氣，無奈是不得其時，不得其地。他們不知道道德是實際人生的規範，而藝術是與實際人生有距離的。

藝術須與實際人生有距離，所以藝術與極端的寫實主義不相容。寫實主義的理想在妙肖人生和自然，但是藝術如果真正做到妙肖人生和自然的境界，總不免把觀者引回到實際人生，使他的注意力旁遷於種種無關美感的問題，不能專心致志地欣賞形象本身的美，比如裸體女子的照片常不免容易刺激性欲，而裸體雕像如《密羅斯愛神》，裸體畫像如法國安格爾的《汲泉女》，都只能令人肅然起敬。這是什麼緣故呢？這就是因為照片太逼肖自然，容易像實物一樣引起人的實用態度；雕刻和圖畫都帶有若干形式化和理想化，都有幾分不自然，所以不易被人誤認為實際人生中的一片段。

藝術上有許多地方，乍看起來，似乎不近情理。古希臘和中國舊戲的角色往往戴面具，穿高底鞋，表演時用歌唱的聲調，不像平常說話。埃及雕刻對於人體加以抽象化，往往千篇一律。波斯固案畫把人物的肢體加以不自然的扭曲，中世紀「哥特式」諸大教寺的雕像把人物的肢體加以不自然的延長。中國和西方古代的畫都不用遠近陰影。這種藝術上的形式化往往遭淺人唾罵，它固然時有流弊，其實也含有至理。這些風格的創始者都未嘗不知道它不自然，但是他們的目的正在使藝術和自然之中有一種距離。說話不押韻，不論平仄，做詩卻要押韻，要論平仄，道理也是如此。藝術本來是彌補人生和自然缺陷的。如果藝術的最高目的僅在妙肖人生和自然，我們既已有人生和自然了，又何取乎藝術呢？

藝術都是主觀的，都是作者情感的流露，但是它一定要經過幾分客觀化。藝術都要有情感，但是只有情感不一定就是藝術，許多人本來是笨伯而自信是可能的詩人或藝術家。他們常埋怨道：「可惜我不是一個文學家，否則我的生平可以寫成一部很好的小說。」富於藝術材料的生活何以不能產生藝術呢？藝術所用的情感並不是生糙的而是經過反省。蔡琰在丟開親生子回國時決寫不出《悲憤詩》，杜甫在「入門聞號咷，幼子飢已卒」時決寫不出《自京赴奉先縣詠懷五百字》。這兩首詩都是「痛定思痛」的結果。藝術家在寫切身的情感時，都不能同時在這種情感中過活，必定把它加以客觀化，必定由站在主位的嘗受者退為站在客位的觀賞者。一般人不能把切身的經驗放在一種距離以外去看，所以情感儘管深刻，經驗儘管豐富，終不能創造藝術。

（選自《給青年的十二封信》。廣西桂林市：濰江出版社，2011）

➲作者介紹

朱光潛（1897-1986），安徽桐城人。中國現代美學的重要學者。

1922年畢業於香港大學文科教育系。1930年獲英國愛丁堡大學文科碩士學位。1933年獲法國斯特拉斯堡大學文科博士學位。回國後，曾任教於北京大學、四川大學、武漢大學，曾任職文學院院長、教務長等職務，後任中國美學學會第一屆會長。朱光潛學貫中西，博古通今，畢生從事美學教學和研究。著有《悲劇心理學》、《文藝心理學》、《詩論》、《談美》、《西方美學史》，譯有黑格爾《美學》等。

朱光潛留學歐洲之初的處女作《給青年的十二封信》，曾是當時中國最暢銷的書。這一成功，促使才剛剛完成的學術論著《文藝心理學》的他，再以一種親切的態度和談話的風格寫出了《談美——給青年第十三封信》，為一本著名的美學通俗讀物。

➲問題與討論

1. 人類真的是唯一在工作的動物嗎？
2. 人類有休閒，動物也有休閒嗎？
3. 動物不工作只休閒嗎？
4. 相對於動物而言，人類的生活空間是大還是小呢？
5. 人類的疾病真的和居住空間、都市生活有關嗎？
6. 社會對女體的隱諱，是出於哪些心態？
7. 女體對男人和女人而言，有不同的含義嗎？
8. 你認為在公共場所，母親適合露胸哺乳嗎？
9. 林語堂所謂的理想中的女人要具備什麼特質？你認為林語堂的見解是否已和現社會脫節？
10. 請思考和說明，林語堂文章的背後，是男女平等的意識嗎？
11. 你認為什麼是藝術？
12. 藝術一定是一種美嗎？
13. 情色與藝術有何本質的不同？
14. 在欣賞女體的藝術時，如何拉出一段距離而成就藝術遠離情色？
15. 朱光潛所謂的「藝術和實際人生的距離」，你認為這是一種什麼樣的距離呢？為什麼非得要有距離才有美感？

➲寫作引導

本單元希望學生在兩點上加重學習，其一是視野與論點的思維，其二是議論文的邏輯開展。

1. 有關論點與視野

凡議論事物，首重觀點，不同的觀點，將成就不同的內容。例如林語堂的這篇散文，題為「人類是唯一在工作的動物」，但是如果我們翻轉思維，工作的相對面是休閒，人類卻也是唯一會休閒的動物，因為動物隨時準備戰鬥、覓食與逃命，根本談不上休閒可言，如此看事情，一定與林語堂大為不同。論點本就是各吹各的號，只看誰具有說服力，所以學生在平日裡要養成觀察與思維的習慣。

2. 有關議論文的邏輯開展

議論文的開展方式可以不同，但一定都得符合思維邏輯，這與抒情文可以情緒大跳躍、內容全想像不同，一定得按部就班來。就林語堂這篇議論散文來說，第一段點出基本論點，說明人類與其他動物有著很大的不同。接著第二段則是由動物的立場說話，說明人類真的是唯一在工作的動物。第三段則是接續這樣的不同，說明都會人類可憐的生活空間。第四段談論較有錢的人只不過是擁有稍大、稍藝術化的空間，一樣是不快樂的。第五段則說整個都會只不過是各行業相互服務、相互限制的無聊空間。最後循著這個邏輯，說「人們勞苦著，工作著，為生活而煩慮到頭髮變白，忘掉遊玩：這種文化是多麼不可思議啊！」一般我們在寫議論文時，會先預想各段要討論什麼議題、使用什麼觀點；有時我們會在未正式書寫時，先擬好每段大綱，以求邏輯思路清晰可見；有時我們會畫個簡單的心智圖，以釐清思路，同時給自己行文時做個備忘。這些都是寫議論文的技巧。

➲講授內容

翻轉生活的慣性思維。

➲活動與作業

思維突破寫作：

1. 活動：分組討論，先完成心智圖，再就心智圖擬定大綱，如果時間允許，則可以採辯論方式進行，以達到充分闡述各組觀點的效果。
2. 作業：以活動時之論題及大綱，完成一篇議論文。

➲延伸閱讀

1 林語堂著作：《京華煙雲》、《吾國與吾民》、《生活的藝術》。
2. 朱光潛（2003）。《談美》。臺中：晨星。
3. 林芳玫（2006）。《色情研究》。臺北：臺灣商務。
4. 梁容菁、孫易新（2015）。《心智圖寫作秘典》。臺北：商周。
5. 陳瓊花（2012）。《藝術概論》（增訂三版）。臺北：三民書局。

➲相關影片

1. 林語堂傳記

   https://www.youtube.com/watch?v=WG48FVmJ858

   https://www.youtube.com/watch?v=9BtNgqhlhLI

2. 林語堂故居

   https://www.youtube.com/watch?v=RMeImK8Azek

3. 解救你腦中混亂的思緒！掌握圖像思考關鍵

   https://www.youtube.com/watch?v=dQLYqfeaf_Y

4. 從思考的三個層面理解「獨立思考」（政治大學哲學系林從一教授）

   https://www.youtube.com/watch?v=0MW8UvGg6ro

5. 心智圖法定義及規則

   https://www.youtube.com/watch?v=kMUUdcP3x1E&t=562s

第四單元
認識自我——大學生身影

主題：認識自我

➲教學目標

1. 透過顏崑陽〈車輪輾過的歲月〉一文，讓學生了解就讀的大學科系須與自我的興趣吻合，青年特有的生命能動力將由這個人生抉擇而無限開展。
2. 透過阿圖〈六君子〉一文，讓學生對系上同學的認識能更加深入，並藉由欣賞與自己不同類型的同學而開拓生命的視域。
3. 透過朱天文〈牧羊橋．再見〉一文，讓學生觀察校園周遭的特殊景物與人文景致。並藉由本校傑出校友的事蹟，讓學生了解「文藻人」的特質。
4. 透過「我的大學生日記」作業，讓學生建構自己的大學生形象，進而檢視自我是否具備足夠的國際移動力，以及洞悉未來的人生智慧。以此啟發學生自主學習與逆向思考的能力。

➲課程規劃說明

「大學生身影」是本單元的閱讀與書寫目標。根據2002年〈臺灣大學生競爭力調查〉顯示，臺灣63%的大學教授認為現在的大學生競爭力不如中國學生。他們給臺灣大學生的整體評價是「聰明但不勤奮的一群」（《商業周刊》788期）。如今距離這份調查已十年以上，臺灣大學生給人的印象是一代不如一代？還是每個世代的學子各有所長？本單元的文本旨在呈現過去建構臺灣競爭力的大學生身影，進而由同學形塑當代「文藻人」的形象與使命。

第一篇〈車輪輾過的歲月〉從作者年輕時代的「單純」下筆，讓年輕人了解崇高理想須靠「逆俗」式的自我期許堅持下去；年輕人的狂想才可能轉化為自我實現的動力。第二篇〈六君子〉以班上六位同學的事蹟，呈現臺大哲學系師生超乎常情的知識人形象。作者筆下那些與眾不同的知識人的特質，呼應上一篇對年輕人「逆俗」行徑的期許。第三篇〈牧羊橋．再見〉以作者的畢業遊園為軸，帶出她對臺大與淡江的學術及校務發展的犀利批評，文中交疊著淡江校園的獨特景致。這三篇人物都是臺灣不願向世俗妥協的年輕人，同學面對這些前輩級的知識人作為，除了可投射自己的大學生活情境、求知心態，也可反思自我實現的路徑，讓內心逐漸萌生使年輕生命昇華的契機。

➲閱讀文本

1.〈車輪輾過的歲月〉／顏崑陽

三十歲，對於一個中國男人來說，是很重要的年度。「三十而立」的觀念，幾千年來，一直在每個「有為」的男人腦中生根；我也曾經這樣想。因此，當我不能不被提醒：「明天，就是你三十歲的生日」，真也為之怵然一驚！繼之而來，則是覺得有些慚愧；但終究，我還是從回顧中轉過頭來，繼續熱切地眺望著如江水滾滾而至的歲月。

假如，人真的一生下來就被註定三十年；那麼，三十歲以前，我能為自己決定什麼、把握什麼呢！然則，一切的徬徨與失落，也都可以完全讓命運作為註腳了；但是，我真的甘心這樣嗎？

我從來都不甘心被決定著。有一種衝動，始終都在生命的深層中激盪，就像受困於孤城中的尖兵，只有突圍，才能得到新生；但圍牆卻那樣的高聳著，城門也那樣的緊閉著，各種障礙與陷阱彌佈在周遭。闖出去吧！常有一種聲音，在心裏呼喊著。

這樣說，你也許會覺得，人生多痛苦呀！但一個有自我期許的人生，的確不像吃喝玩樂那樣輕鬆。不過，你既已期許了自己，就如你已自願套上了車軛，再沈重的擔子，也得用盡心力承接下來。那既然是你對自己的期許，任何的承擔都該很甘心，當然也就不會覺得痛苦了。

我一直都過得並不輕鬆，但也不痛苦；可以說沈重得很快樂。三十歲以前如此，三十歲以後也如此。差別的只是步伐的快慢：以前是短跑，衝得快，總想立刻到達目的地；以後，覺得有些累，便改成長跑，將目的地放得很遠，從容地、穩定地跑下去。

* * *

十八年前，我剛要二十歲，很窮，不但沒有錢，也沒有學問，更沒有事業上的成就。不過，那時卻很狂，有壓不住的生命衝動，總想去完成些什麼自以為了不起的大事。然而，有很多事我沒興趣，甚至厭惡，而且做不來。譬如見到數目字，我就頭痛，買東西時，該找多少錢，常弄不清楚。看到生意人，總是不太有好感。我唯一喜歡做，也自認為做得最好的事，是作詩、寫散文。當時，我自己也已清楚地知道，只有文學才能讓我過得很愉快，也才能讓我肯定自己的能力，終而實現生命的價值。因此，我作了一個狂想，向兩個年長我、瞭解我、欣賞我、鼓勵我的女孩子說：「試看二十年後，中國文壇究是誰家天下！」

三十歲，是我說完這句話十年後的時候，還沒有征服天下，總該也割據一方了吧！三十歲以前，我最想做到的就是這件「大事」。唉！成就不能說沒有，但距離理想也未免太遠了。因此，當我被提醒「而立」的日子已颯颯逼來時，真是怵然而赧然而頹然啊！

我清楚地記得說過那句話，她們當然也記得。不過，她們倒也沒有去追察我做到了多少。或許，她們知道那不是砌一道牆或堆一座小丘那樣的工作，可以明白地責求工程的進度。文學的創造，根本是沒有起點也沒有終點的工作。給自己這樣的時限，只能說是無知與狂妄。不過，我並沒有後悔說過那樣的話。至少，在許多人還徬徨不定的年歲裏，我已朝向一個鮮明的目標，踏步前進。

這樣想，我就從頹然中，抬起頭來，繼續熱切地眺望著如江水滾滾而至的歲月；但我所想的，已不再是十年之後，能否席捲文壇，而是能否在這條文學的路上，毫不停步地走下去，走下去……。任何一個文學工作者，自己唯一能掌握的就是「一直走下去」的意志；此外，他能不能被接受，而征服所有的讀者，根本不是他所能掌握的事。

我真的一心想做為文學工作者。那時，實在沒去想到這種工作能不能讓我吃飽。父母親更完全弄不清楚寫文章究竟有沒有飯吃。幸好這樣，我才能不經阻攔地踏上這條自己喜歡的路。

第一年考上淡江學院中文系。家裏窮困，繳不起學費，只好放棄，準備重考，以師大國文系作為第一個目標。

那一年，我到中央印製廠去當臨時雇員，在烘房裏做著鈔票烘乾的工作。中午，躺在未完成的鈔票堆旁邊瞌睡，心中真也埋怨著命運。這麼多沾上我的手紋的鈔票，出廠之後，究竟落到那些人的手上呢？為什麼他們就能掌握著用不完的鈔票，隨便吃一頓飯或買一雙皮鞋，就夠我一個學期的學費。而我卻因為繳不起學費，躺在鈔票的旁邊，等著將這些鈔票修飾得平整光鮮，然後送到那些不須要讀書的人手上。唉！這的確比餓著肚子，看著人家把吃剩的紅燒蹄膀丟進臭水溝，還要讓人難受！

不過，我並沒有因此對鈔票發生興趣，或甚至崇拜起來。那種年歲裏，對於生活中究竟怎麼需要鈔票？還缺乏深切的體驗。家裏即使窮到向鄰居借米，憂苦最多的仍然是父母親。目前，對我來說，鈔票的重要，就僅僅是讓我進入大學，讀我所喜歡的文學作品。讀出來以後，能不能因此而賺到更多的鈔票，讓我及家人住最好的房子、吃最好的東西、開最好的汽車、娶最好的太太！那時，我真的完全沒想到這些。一個人假如不曾這樣單純過，也就不曾年輕過。

當然，我並沒有單純到完全不能體會父母親的憂苦。一羣孩子像飢餓的小豬仔，銜著母親乾癟的乳房，用力地吸吮著。他們除了鎖緊眉頭，想盡辦法去讓我們滿足之外，還能說些什麼呢？鈔票，總像一把靈妙的鑰匙，將他們緊鎖的眉頭啟開。

我曾經想寫文章賣錢，來分擔父母親的憂苦。高三畢業，聯考過後，我利用暑假寫了三集的武俠小說，約有九萬多字。

聽說那時一集可以賣二千塊錢，只要這三集小說賣出去，就不愁讀不起大學了。我很清楚地記得，那陣子下了好些天雨，陰沈的天色裏，父親帶著我走過滿地泥濘的建成市場，找尋一家專門出版武俠小說的書店。我牽著腳踏車，稿件用塑膠紙包住，綁在後行李架上。父親頻頻回頭，問我說：「真賣得到錢嗎？」我滿心憧憬地拚命點頭。

半個月之後，我收到那家書店退回給我的稿件。當時，我真是感到「不遇」的悲哀與憤怒，拿出洞簫，躲在閣樓上，一遍又一遍地吹奏。母親喊我下來吃飯：「吃飽些，明日與我去賣菜，比寫什麼小說實在多啦！」

然而，我並沒有完全失望，仍是決心要成為一個文學工作者。第二年，我又再次參加聯考，只填寫了六個志願，大多是中文系。終於，我不必再讓父母親為學費而憂苦，以第一志願考入師範大學國文系。每個月還領了些米回家，母親非常高興說：「多幾個孩子讀書，家裏就不用買米啦！」她似乎已忘記我寫文章沒有賣到錢的事了。

*　　　*　　　*

年輕的可貴是能夠懷抱崇高的理想；但年輕的毛病卻是不懂得怎樣切切地踩在現實的基地上，一步一步去實現理想。

三十歲以前，不管在感情或思想上，我雖然曾經自以為比同齡的朋友成熟多了；但如今回想起來，其實還是很幼稚，尤其在理想與現實的平衡上，更常表現出想得多、做得少的空闊，與只看自己、不看別人的疏狂。

那時，真的和實際的人生與時代的現況走得很遠，只是在自己構築的幽僻世界中，去追逐著夢想。

那時，我和許多年輕人一樣，眼睛只往內看而不往外看。報紙，偶爾看看副刊。至於時代變成什麼樣子啦！社會發生什麼事啦！對我來說，不重要，也沒興趣。我的興趣是一些現實以外的什麼事物。你可以嘲笑，不過我還是要告訴你，我常認真地採集各種花瓣或樹葉，夾在厚厚的書頁中，壓乾成標本，然後作成卡片，送給我暗暗喜歡著的女孩。或者，我也常獨自找個樹蔭下的草皮躺下來，去凝視天空各種雲姿的變化、感覺草葉扎著皮膚的騷癢。或者閉上眼睛，靜靜想著一些不成為心事的心事。

我真的覺得自己很不俗，很有靈氣。街道上那些爭著在賺錢，而到處奔忙的傢伙；唉！太俗，太沒靈氣了。其實，我的環境並不真的能讓我過得這樣浪漫。每個暑假，總得為學費去做些粗工，挖土、挑磚頭……什麼都幹。滿手的繭皮，可以證明我曾歷經風霜；但奇怪的是，不管我怎麼苦，我的心思似乎總和現實連接不起來，始終從現實游離而出，鑽入生命的底層，或射向浩浩渺渺的宇宙，去冥想著一些與穿衣吃飯了無關係的道理。

因此，那時候，我寫詩，也寫散文；但我並不知道別人喜歡看什麼樣的詩、什麼樣的散文！我只是有很多感觸，覺得有話要說，就寫了下來。甚至，我寫的是大多數人都不願意看的古典詩。寫這種老東西，是不是趕得上文學的新潮流？這個問題，我當時根本沒去想過。喜歡，我就是喜歡，被「月落烏啼霜滿天」的美迷住了。因此，我也想寫；當心靈漲滿了美感時，我便自然地用古典詩將它表現出來，那真的是一種極大的滿足，不管別人看不看它。至於散文，也是一樣，我只寫自己心靈的消息。真的，寫作之必要，就是因為我心深處總有些聲音要透胸而出。此外，無他。

那些歲月，除了穿衣吃飯，便是這麼單純地過去了。踩在「而立」之年上，仍然是站得歪歪斜斜的，找不到一塊堅實的泥壤可供立足。許多疏狂的夢想，更是逐漸模糊，甚至醒覺。如今，站在四十歲的門前，回首來處，不滿意，但卻不後悔。因為，生命的過程，就像車輪輾地，不管是鬆軟的泥沙路面，或坎坷的亂石路面，或平坦的柏油路面，每一寸都得實實在在輾過，才能到達終站。沒有一處可以跳越，也沒有一處可以留滯。懊悔什麼呢？又眷戀什麼呢？

（選自《手拿奶瓶的男人》。臺北：漢藝色研，1989）

➲作者介紹

顏崑陽（1948-），臺灣嘉義縣東石鄉人，國立臺灣師範大學國文研究所博士。曾任中央大學中文系教授、東華大學中文系教授兼人文社會學院院長、淡江大學中文系教授，現任輔仁大學中文系講座教授。顏教授兼擅古典詩詞、現代散文、小說之創作與中國古典美學、文學理論、老莊思想、李商隱詩、蘇辛詞、古典詩詞學、現代文學批評之研究。曾獲聯合報文學獎短篇小說佳作（1978、1979）、第三屆中國時報文學獎散文優等（1980）、第三屆中興文藝獎章古典詩創作獎（1980）、中國文藝獎章現代散文創作獎（1992）、九歌民國八十九年度（2000）最佳散文獎（作品〈窺夢人〉）。著有《顏崑陽古典詩集》，短篇小說集《龍欣之死》，現代散文集《傳燈者》、《手拿奶瓶的男人》、《智慧就是太陽》、《人生因夢而真實》、《上帝也得打卡》及《窺夢人》等；學術論著《莊子藝術精神析論》、《李商隱詩箋釋方法論》、《反思批判與轉向》、《詮釋的多向視域》、《詩比興系論》等，約二十餘種。

本篇〈車輪輾過的歲月〉是作者三十九歲的作品。當時（1987年）他剛從淡江大學中文系的教職轉任國立中央大學中文系副教授，這對出身窮苦家庭（嘉義縣東石鄉的小漁村——副瀨）的作者而言，此事展現他實現自我的過人毅力與勇氣。因為中文系是他大學志願的唯一選項，一路走來果然成就非凡。此文印證他生命的兩大特質——「狂」與「不俗」是他人生旅途的指南針，也是他蘊積幸福能量的兩項重要構面。

2.〈六君子〉／阿圖

春花聞杜鵑，秋月看歸燕。

人情薄似雲，風景疾如箭。

——燕兒落帶過得勝令〔吳西逸〕

瓊瑤的小說，喜歡塑造一些特異的人物。在她的筆下，常常出現哲學系的「高材生」——身材瘦瘦高高、臉色蒼蒼白白，不是徘徊在大海邊，便是孤立在電線桿旁，呆望著淒淒慘慘的月亮，然後峰迴路轉，有一個艷若天仙的女孩，撇開了許多外表雖英俊瀟灑，內在卻空虛貧乏的男士，情有獨鍾的愛上那麼一個有特殊味道的「哲學家」，而且他們必將有一段與眾不同的愛情故事。

瓊瑤這種「如夢如幻如詩如畫」的感情故事，委實高估了我們這些學哲學的人。實際上，那種迂迴曲折的愛情故事，我們系裏的同學，並不多見。不過，那些真正喜歡讀哲學的人，他們在人生價值的取捨上，事情的處理態度上，以及情感的表達方法上，的確有著瓊瑤筆下那種與眾不同的特質傾向。

這種傾向，從我們轉考進來的六個人身上，多少可以看得出一些蛛絲馬跡。大抵經過大專聯考進入哲學系的同學，絕大部分是「命運安排」的結果，而經轉學考進來的，則大都是哲學的「志願軍」。或許有志於思想探索的人和正常人比起來，的確有些不同吧！我們六個一起轉進來的「志願軍」，依次序是阿邦、陽翟、「瘋子」、我、楊癲和小章。

這裡，我先介紹「瘋子」登場。「瘋子」本姓封，我們稱讚他的時候，用第三聲叫「封子」，如「孔子」、「孟子」的「子」一樣；罵他的時候，用輕聲念「子」取其諧音就「瘋子」而不名了。

「瘋子」是從文化學院轉進來的。他在建中唸高一時，就當上了「建中青年」總編輯，同年又獲得教育部舉辦的全省高中作文比賽第一名。他的外表英俊瀟灑，臉龐線條深刻突出，走到那裏都頗為奪目，某些地方看來倒確實有點像瓊瑤筆下的人物。

進入臺大的第一天，上課之前，班代表請轉學進來的新同學自我介紹，瘋子站起來說：

「我是天才，不認識我的人不應該離開臺大，我具有多方面的哲學智慧。我可以幫助大家，有問題你們來找我好了。」

班上的同學瞧著他，靜靜地聽他獨白，並不以為怪的樣子，不知道是因為他剛轉進來，不好說他，還是大家習以為常了，他接著說：

「我將來要找的女朋友，要能欣賞我的天才，並且能容忍我天才的女人。我用左手寫詩，右手作畫，請大家儘量欣賞我。」

第二天，他駕臨開美學課的代系主任那兒，呈上了一份他在高中時寫的美學文章，向代系主任說：「我高中時已經看完了美學，我是美學權威，我決定選修你的課，但明天起我不來上課，我交這篇論文，當作考試成績。」

不知代系主任是司空見慣，還是自有他的待人哲學，反正他只是默默地看著他進來，又默默地望著他出去，一句話也沒有說。

以後，他不但沒去上美學課，別的課也不見他的蹤影，只有在臺大的兩個刊物的編輯室——大學新聞社、大學論壇社裏才能看到他。他用了不少筆名發表文章，我曾經發現他在某一期的大學新聞裏，用了二個不同的筆名，居然一個人獨佔第四版的全版。

大二上學期結束後，瘋子急匆匆地來找我，沒頭沒腦地說：

「怎麼會這樣子呢？怎麼會這樣子呢？怎麼辦哪？怎麼辦哪？」

我不知道究竟發生了什麼大事，讓我們的天才慌張成這個樣子。

「中國哲學史、西洋哲學史我都被當掉了，現在已超過三分之一，如果再有一科，就死當無疑！」他聲音都顫科起來了：「你說怎麼辦？你說該怎麼辦？」

「還有哪科會被當掉呢？」我信口開河地問，內心有點幸災樂禍。

「剩下代系主任的美學，他大概也會當我！」

「那你就去求他吧！」我調侃地說：「反正你是天才，有實力，怕什麼？」

「我從沒有上過他的課，他一定不會放過我的！拜託你跟我去講講情好不好？聽說代系主任蠻欣賞你的。」

「早知今日，何必當初！」我一方面答應陪他去找代系主任試試，一方面不客氣地頂上了一句。

我們到了代系主任辦公室，瘋子見到代系主任，失去了往日雄風，尷尬地一鞠躬，在臺大三年間，這是我唯一一次發現他這麼謙虛有禮。

我正想開腔幫說幾句，代系主任就向瘋子劈頭問道：「是不是想來求情？不必了，你的成績剛好六十分。不過，我奉勸你一句話，不要學會哲學的狂態，應該學得哲學的充實與襟懷。」

代系主任大手一揮，示意我們二人離開。

下學期註冊時，正是杜鵑花開的三月天，瘋子一看到我，就說要請我吃飯，以答謝我的幫助。我還沒回答，他便轉了話題，興高采烈地說：

「阿圖！我不是告訴過你們嗎？我要找的女人一定要能夠欣賞我的天才，並且使我成為天才那樣出眾的女人，告訴你，我現在找到了！」

我默不作聲。

「她長得真美，我畫張像給你看。」

於是，他撕了一張拍紙簿，三兩筆，勾出了一個鵝蛋形臉孔，加上頭髮、眉毛、眼、鼻、嘴，居然神氣活現，很漂亮的一張女孩子的臉。

「她長得就像這樣，你不能說她不漂亮吧？」

我真不知該說些什麼，我只想問他到底還記不記得，他是來請我吃一頓晚飯的。

瘋子終於和他自認為世界上最漂亮的女人在一起，大四那年他們結了婚。但是並沒有邀請任何一個同學參加婚禮，因為他在「中國大飯店」宴客，認為請我們會虧本的。聽說女方家長是有錢的商人，來賓都是總經理階級，我們聽了，倒把他看成第一個下海的人。

瘋子後來曾在美國僑界舞文弄墨，巒有名氣，可惜的是他已跟世界最漂亮的女人分手了。

現在該說到陽翟了。陽翟原先讀的是淡江英文系，臺大轉學考試，他報考哲學系，結果以第二名錄取，他來和我們一起上課，但是沒有辦理註冊。他放棄了這個大家夢寐以求的名額，他說：

「我報考的目的，是為了證明我的能力而已，我不讓臺大來選擇我，我選擇臺大，我決定不要臺大。」

陽翟這種選擇，我不贊同，因為事實上他幾乎天天在臺大生活：在臺大聽課、在臺大社團參加活動、在臺大雜誌發表文章，他應該真正喜歡臺大才對。說真的，也只有臺大才能欣賞他、寬容他。

大三那年開學後，我一直看不到他。有一天，阿邦告訴我：「陽翟因為常來臺大，淡江那邊的功課全不在意，結果二分之一死當，註冊前三天，當兵去了。」

我們畢業前一星期，他休假回來看我們。熨燙得筆挺的草綠色軍裝，看起來剛健而穩重。暢談中，我們發現對他的瞭解不夠深入，原先我們以為他一定很後悔沒進入臺大。沒想到，他那粗黑的眉毛一揚，證明他不是一個對自己的決定沒有信心的人，他認為大學生活已嘗過了，他不需要文憑，他已畢業了。

陽翟雖然沒有真正踏進臺大，我們卻認為他是臺大人，尤其我們這些轉學生，視他為我們六人中當然的一份子。最近，聽說他同我一樣已經創辦了一家出版社，希望將中華文化作全盤的整理，這種氣魄與眼光，是一些天天自詡為知識分子的高等讀書人所需要檢討與學習的。

第三位要介紹的是楊癲。楊癲是我考上興大那年在成功嶺集訓時認識的，那時我們連同排，他是第八班，我是第九班，沒想到後來我們在臺大又做了同學。

他是我們連中的寶貝，也是軍中生活的笑柄。

不知道是反應遲鈍，還是心不在焉，他似乎無法適應軍中生活。我們全連的步伐，就只有他作怪，大家踢右腳，他偏踢左腳，要左踢，他偏右踢；托槍時，每支槍都成四十五度角斜靠在肩膀上，他卻直挺挺的豎在半空中，教也教不會，講也講不聽，說笨吧！又是怎麼考上成大歷史系呢？說大智若愚嘛！我們相處一段時日也沒有這種感覺。

排長火大時，罰他作伏地挺身五十下，他掙扎了老半天，全身顫抖，才作了兩下，便癱在地上，氣喘咻咻的再也爬不起來；罰他跑操場十圈，他老兄慢吞吞死拖活拉似地走了兩圈，就搖搖欲倒，一口氣都要接不上來的樣子，不知道是裝出來的，還是真的體力不繼，我想，恐怕只有天知道。

每個士兵的指甲，規定要剪乾淨，但他老兄的左手小指，指甲卻始終留得長長的，排長問他為什麼不聽命令，是不是留著掐耳屎？

「我留著它，確有需要。」他的回答異乎尋常：「我的眼鏡片，因小螺絲栓不緊，常會掉下來，留了它，必要時可以用它來拴緊螺絲，穩固鏡片，功用很大。」

軍中的制度無法約束他，他似乎永遠生活在自己的世界裏。每個星期天，他都被禁足，但他並沒有抗議過，也從沒有怨言，一張嘴巴反而咧開到耳根，好像自知罪應得的樣子。

結訓的那天晚上，我們舉行同樂晚會，楊癲居然毛遂自薦，出列表演，結果他昂頭開口，連歌帶白來了一段歌仔戲，韻味十足，博得了不少掌聲，這是他在軍中唯一讓人鼓掌的一天。

過了兩年，楊癲居然也參加了臺大轉學考，降級轉進了臺大哲學系，我又和他同班了。

註冊那天，他碰到我，非常高興地說，一定要好好地請我到「小統一」去吃頓牛排，他說那兒的牛排是全臺北最好吃的。盛情難卻，而我又沒有開過洋葷，當然一口答應。

到了「小統一」，他看了一下菜單，摸摸自己的口袋，很平靜地告訴我：

「阿圖！我身上帶的錢不夠，只能請吃一客，我肚子餓了先吃，請你的那一份，我改天再補請你好了。」

於是，我就坐在那兒，看他不慌不忙、津津有味地，埋頭享受著臺北最好吃的牛排。良久，他才從盤子上抬起頭來，嘴巴咧開到耳根向我一笑，看來很滿足的樣子。我呢，只好空著肚子回家，蒙頭大睡。這是我第一次覺得楊癲不癲，最少他知道自己比別人重要。

大三那年，校方舉辦演講比賽，他又毛遂自薦，代表哲學系參加，題目是：「復興中華文化應有的認識。」時間限定五分鐘。

他上台時，輕輕地拿下眼鏡放在講台上，眉毛上下跳動了幾下，煞有介事似地，然後瞇著眼睛，開始他上下五千年的縱橫談。

「各位先生教授，各位教授先生：中國文化有多長？很長！很長！有長長的五千年，要知道中華文化的偉大，需要從尼采超人哲學的精神三變談起，而後上溯到蘇格拉底、柏拉圖、亞里斯多德，再下貫康德，知道這種發展以後，再由中國的大易到中庸，旁通莊周化蝶，下及墨家摩頂放踵……」

當他雙手指天劃地，旁若無人口沫橫飛地繞了一個大圈子，還沒有講到正題時，已經用去了十分鐘，好像把台下的評審教授當作學生，而他自己則在講台上給他們上哲學的啟蒙課。

主席看到這種情形，搖搖頭請他下來，主席說：

「你這位哲學系的高材生學富五車，不過現在是演講比賽，不得不請你休息休息，現在請下位同學登場。」

最後，我想談談阿邦和小章。阿邦是我們六個轉學生裏的榜首，他是香港僑生。大一在文化大學哲學系度過。瘦瘦小小的阿邦，架著一付黑框眼鏡，到學校總是背著中華航空公司的旅行袋。阿邦有一口濃重的廣東腔，我們有時聽不懂。阿邦不只英文能力沒話說，邏輯訓練也夠，大概是我們系上哲學程度最好的一位。

我讀臺大時，家裏每個月只能匯來三百塊的房租錢，其餘必須自己想辦法。每逢財源發生困難的時候，大多由阿邦接濟。幾乎每個星期天，阿邦便給我一百塊錢，叫我到西門町買一隻烤鴨回來打牙祭，他出錢，我跑腿，一人吃半隻，不亦樂乎。偶爾，我住在他那兒，生活用品也用他的。有一次，我發現全身只有一副眼鏡是我自己的，其餘都是阿邦的。

阿邦不喜歡出風頭，也不善於應酬，總是一個人背著旅行袋，有課的時候來，沒課的時候就走，他這種淡然的生活態度，理應沒有人注意才對，誰知班上的小章對他卻頗為欣賞，有一天，小章突然問我：

「阿圖！我想追阿邦，你看我追得上嗎？」

我感覺這真是天大的喜事，便笑著很神秘地跟阿邦提起這件事，哪知他聽了竟手足無措，一副十分煩惱的樣子。

隔天清早，他把我從睡夢中喚醒，輕鬆地告訴我：

「昨晚九點鐘，我約小章談判，我已經清楚告訴她，我是獨身主義者，不要對我好。」

我望著他那如釋重負的表情，真是哭笑不得。人家只是隨便談談，他居然跑去「談判」，唯恐人家喜歡上他，大概這就是人們常說的真性情吧！當然，阿邦怕小章是有理由的，小章那虎虎有聲的氣派常令我們這些大男生招架不住。記得有一回，我和阿邦在椰林大道上漫步，遠遠看到小章來了，我和她打過招呼，一回頭不見了阿邦，我正在納悶，突然聽到一聲嬌呼，和阿邦的道歉聲，只見阿邦很狼狽地從杜鵑叢中走了出來，跟一對表情尷尬的男女學生打躬作揖，不迭地賠不是。原來阿邦看到小章來了，心生慌張，也不看清楚杜鵑花叢裏有沒有人，就一頭鑽了進去，恰好和一對情侶碰個正著，造成了這一齣妙劇。小章當時目瞪口呆的望著阿邦遠去的背影感到莫名其妙，一直追問我發生了什麼事情，我只是笑而不答。

小章是我們六個轉學生中壓軸的一位，轉學考時，她的座位剛好在我的後面。小章有張胖嘟嘟的臉孔，和胖嘟嘟的身圍，齊耳的短髮下，架著一副七〇〇度的眼鏡，她常笑著一語雙關地說：「我是一個有深度的人。」

她給我印象最深刻的一件事，是在註冊那天，她那胖嘟嘟的身子蹲在文學院大樓的騎樓下，拿著一塊石頭在敲東西，一邊敲一邊罵「他媽的」。我走過去，她向我嚷道：「他媽的，我的鞋根又斷了。」我仔細一看，她穿了一雙流行的細根鞋子，也許鞋根不堪她的負荷，斷了開來。

小章喜歡抽煙、喝酒、藝術、電影。作風大膽、潑辣兼而有之，「他媽的」這句口頭禪，在她姑娘的嘴裏時常很悅耳地脫口而出。她家裏每個月給她八百塊錢的生活費，大約前半個月就用完了，後半個月便到處借貸，到處「他媽的，我肚子餓了，請我吃飯好嗎？」

敢愛、敢恨、敢怒、敢罵，甚至敢做常人忌諱的事。這種性格使小章在大學四年，留下很多令人難以忘懷的行徑。

我們一直把她當做男孩子看待，其實她比男孩子更野、更灑脫。有回她提議，要我們帶她到三重市看歌舞團的脫衣舞表演，我們誰也不敢答應。因為即使我們幾個男生去看，也只是偷偷摸摸，又怎像她那樣坦然無懼呢！更有一次，她去一家三流的戲院看電影，突然看到加插黃色鏡頭，她回來時破口大罵那家戲院，不過並不是責罵電影院加放黃色電影，而是罵那些傢伙表演得「他媽的！太惡形惡狀俗不可耐，簡直太沒有思想，太沒有深度了！」

這種坦然豪爽的性格，使男生望而卻步。所以當阿邦知道小章要追他時，緊張的心境，我是可以體會出來的。那天阿邦回來報告談判經過，當場被小章修理一頓：「他媽的，男孩子還這般沒骨氣，不敢愛，也不敢被愛，算個什麼好漢！」

小章大學一共讀了五年，因為第二外國語文德文，沒有參加期末考，多修了一年，其所以如此，也是由於她的深度性格所造成的。

那天下午，我們同去森林館參加德文期末考。我們走到傅鐘附近時，小章忽然叫道：「我覺得頭髮太長，癢得要命，煩死了，想去洗個頭。」她離開時，我們並不在意，等到考完試時，才發覺她竟然沒有來考試。後來我回宿舍時，經過校園的醉月湖畔，看到了她，她剛剪完頭髮，一個人坐在湖邊，凝視著湖中的湖心亭。這樣寂然的臨湖鑑影，對小章來說倒是少有的現象：是離愁，還是別有一番滋味在心頭？那是粗心如我者所難以理解的。

我們離開臺大的時候，小章在學校裏，和我仍有聯繫。畢業後第二年，聽說她到美國改學電影；前三個月，她寫信給我，信中問及阿邦的近況，是否結了婚？而阿邦呢，上個月我赴香港辦事時找到了他，仍然單身，暑假預計到劍橋大學讀社會學。

椰風搖影，杜鵑幾度花紅，我一直懷念我們這被人戲稱的「六君子」，在杜鵑花城度過的悲歡歲月。如今，舊歡如夢，往事只堪追憶了。六載風塵，驀然回首，正是：

蟬鳴之時，
雨總會停，
而你去後，
青蔥的山，
為誰微笑？

（選自《鐘聲21響》。高雄：河洛圖書，2010）

➲作者介紹

許仁圖（1949-），苗栗後龍人，國立臺灣大學哲學系畢業。1974年他標會籌措資金並與母親合資成立河洛圖書出版社，在戒嚴後期專門翻印古書與大陸書。1980年他以阿圖為筆名發表《鐘聲21響》，並請臺灣大學教授臺靜農（1902-1990）與藝術家楚戈（本名袁德星，1931-2011）寫序。楚戈將《鐘聲21響》推薦給《中國時報》「人間副刊」主編高信疆（1944-2009），使其在報上連載，因此《鐘聲21響》在當年紅極一時，許仁圖頓時成為暢銷作家。之後他曾任五千年出版社負責人、河洛影業有限公司負責人、萬隆電影公司負責人、《臺灣時報》記者、《臺灣時報》文藝組主任兼副刊主編、

《臺灣時報》副總編輯兼總分稿。1998年起，他任民進黨高雄市黨部主任委員、高雄市政府顧問、高雄市政府新聞處處長、高雄市政府民政局局長、民進黨中央黨部副祕書長。

《鐘聲21響》一共由十五篇文章組成，本文〈六君子〉是該書的第二篇文章。這些文字的創作意義依作者自序，乃是「獻給有大學生活經驗的朋友，和正在唸大學的朋友，更獻給嚮往大學生活的朋友。」所以〈六君子〉雖然是以臺灣大學哲學系作為背景，內容實以大學生共有的生命特質作為敘事依據，相當值得現代臺灣大學生細細品味。

3.〈牧羊橋・再見〉／朱天文

畢業遊園，巴巴的從臺北趕來，一路上太陽發了瘋似的，沒見過這麼酷熱的，風又莫名其妙的大，四面八方亂吹，才下車，穿的大圓裙給忽一下整片掀起來，掩覆得滿臉。這好像瑪麗蓮夢露在甘乃迪慶生宴上唱祝你生日快樂，那張風靡一世的鏡頭，總統先生融合了政治家和藝術家的氣質，一種情調，煙藍中一抹水紅，是甘乃迪時代政治的底色，所有這些都濃縮在那一刻鏡頭裡。我詫笑極了，不禁回頭望向天空，好像天氣開了我一個大玩笑。

一行山上去，更是這樣吹得頭髮和裙子沒個開交，太陽裏在大風裡吹，竟像是憑空多出了十個來，到處滾得花花閃閃，穿梭當中，真是又狼狽又開心，一面又著急要趕不上遊園了，想走快也是這樣牽牽絆絆，倒弄得一身汗淋淋的。

本來畢業遊園只是例行公事，爸爸媽媽和王老師要來參加的，我都要他們快快打消這念頭了罷，天這麼熱，何不安心家裡享清福為是。我自己可卻是一心一意老遠趕的來，洗了頭髮，穿著格子大圓裙，要來看看苔苔他們特為畢業做的旗袍什麼樣子，還有報上登說秦漢和林青霞來我們學校拍外景，我也急急要湊這熱鬧，唯恐擠不進去白落了冷清。一級一級登著克難坡，沿坡海報板花花綠綠糊滿了新鮮賀詞，當頭橫著一幅幅紅布，給風吹得劈劈拍拍響，我十分驚異，像是第一次才聽見風聲，真的，風的聲音，是節氣一節節在空中拆爆著。我跟自己笑個不停，今日可是什麼天氣哪，難道老天爺也來慶賀我的畢業不成，說來可笑，其實恐怕我就是天上文曲星下凡呢，今個兒花神風神太陽神都來齊了，連成天躺在那兒的觀音菩薩也要乘蓮花渡水過來，可不是一人之喜，普天同慶嗎。

克難坡一上來，視野登時豁然開朗，左邊大操場，環種著幾株鳳凰木，雖只開得三分，卻豔紅如火，在濃濃的綠葉中很是怵目心驚。我留心到他們是約齊了一塊兒開的，第一期已開過，謝盡之後再見不到一點紅色，只覺葉子益發拔綠了。然後忽然一天又都冒出紅點點來，先是開一分，三分，五分，砰一下滿開了，一叢叢的燒，襯著天際的藍。如此開了謝，謝了開，一直到九月完才算是開盡。聽說成大是鳳凰城，記得阿丁初來到淡江有多委屈，他喜歡的是南臺灣那種懶懶的晴天，坐在鳳凰樹下，讓淡黃色米粒大的葉片落滿一身，風吹草長，有淡淡的陽光腥香。我卻不行，藍天看多了，會挺累人的。

驚聲銅像俯視整座操場，一條柏油路鋪的驚聲大道直直通往自強館，我真是愛極了這條大路。從大屯山往下望就知道，一所淡江剛好自強館像幅布袋口，山上刮下的風都從這口給收了進來，所以驚聲路上特是風大，幾次宿舍出來去上課，一路真要乘風而去了。像司馬相如的〈子虛賦〉，寫鄭女曼姬立侍于車上，衣帶飄起來，上拂羽蓋，縹乎忽忽，若神仙之彷彿，我也不要上課了，飄到河對岸，和觀音一塊兒做神仙罷。天晴無風時，聽著鞋跟卡卡卡的敲在柏油路上，遠遠的可以一直望到淡海，一勾海岸線曲曲折折，不知迤邐何方。

天心對天氣的感覺常常從歌曲而來，我的常是從衣裳。前幾天見她穿了我一襲橄欖綠長衣出去看電影，一時竟然心中大慟，久久不能平復，這才頭一回驚覺到自己的學生時代真的是結束了。

大四以來，同學們忙著就業、出國、考研究所，我卻仍像個無事人般盡是晃蕩，及至畢業了，還覺得是在放暑假，日子過得像窗外覆滿牆頭綠蔭蔭的爬山虎，糊裡糊塗，就只是漫漫伸延著，散懶得差不多成了蓬頭垢面。天氣好的時候，我愛穿得漂漂亮亮校園裡到處走，看自己的衣衫給風吹起來，看路上行人的穿著跟品氣，好喜歡呀，一邊又非常嚴苛的挑剔著。那件橄欖綠的長衣，攔腰編成一雙麻花穗子，長長的一直垂到膝下，好像佩玉一樣，忽見妹妹穿起，才想到我這份興致已是拋卻多久，難道心上塵埃蒙蔽了嗎？怎麼天氣對我再沒有了興意？學生時代人人都是青春鮮潔的，一旦進入社會又將是個什麼形狀，且不知別人如何，我自己先就俗氣起來，連外頭的天氣都不睬我了。伏在床上痛哭一場，想想淡江的日子畢竟無法留住的，恐怕淡江真要留我也留不住，不管這小鎮的斜陽照著堤邊的漁船多好，細雨落在青石板路上多好，我都只是遊子，遊子是哪裡也不能安頓他的，他的世界永遠在外面。古人弱冠而立，我也以畢業重新有所思省，再不可以撒嬌賴皮，仙枝說我這一陣子像小孩斷了奶仍不肯甘休似的。情操還要從眷戀懷舊裡成長出來，我不是有好大志氣要做好大事情麼，那就從寫淡江四年開始罷，試試自己究竟有多大能耐，究竟能不能立身成人。

唉，說到立身成人，也不過些混帳話，還是趕緊瞧瞧苔苔新制的旗袍才是希罕事兒呢。

這時已經晚了，擴音機裡宣佈要畢業生到驚聲銅像前集合，準備開始遊園。迎面急急走來的人群，一身學士服亂飄，帽子都持在手中，有個女孩戴在頭上，一下沒扶牢給吹得好遠，大家笑起來，真成了落帽風。見他們嘻嘻哈哈的擦身而過，四周都是學士服跑來跑去，我又沒緣故的非常快樂，想著我正年輕，高跟鞋敲在大道上，一步是一步，青春呵，即使是什麼內容都沒有的，也這樣光是不勝之喜就夠了。

抬頭忽見苔苔從宿舍大門出來，我忙跳前去扯她要看旗袍，她便也當眾就脫了學士服，亭亭立著那兒臉紅紅的笑。「嗳呀，哪裡來的華航空中小姐！」打趣得她不好意思，嘟著嘴向我抱怨，腰又做鬆了，領子又做高了。她其實很美的，長挑身材，細細薄薄的單眼皮，圓闊臉，穿這一身月白色繡竹織錦旗袍，不知是不是剪裁關係，總沒有古中國的感覺，倒像洋片裡的中國女人，濃濃的異國情調，特別有一種豔。

去年華岡教日文的小山老師，回國前在這裡做了件長及腳踝的桃紅色旗袍，我們姊妹都個別穿了照相。說來奇怪，大家的身材彼此相去也大，卻是穿起來都像量著每個人身材做的一樣，再合適不過了，難不成旗袍還會自個兒放大縮小麼。電視劇和電影裡有時演旗袍劇，怎麼都顯得線條僵硬，好像人去遷就衣裳，連戲都撒不開了。爸爸說旗袍本來袖子和肩之間沒有接縫，是剪裁時連著袖子一塊兒就裁好了，這樣自然沒接縫的那樣筆挺，可是多有空間，反而顯出人身動作時的美。衣服穿在身上首先要與人親，若成了身外之物就是最難看的。賽門最近有一篇文章登在綜合月刊上，是諷刺我們女生大一到大四，衣服和學識的成長率恰好成反比，意思說人越穿越時髦，可不都是一群白癡美人。班上女生讀了都義憤填膺，我卻好笑，因為自己就是個最喜歡穿漂亮衣裳的俗氣人，錢不買書，從來都拿去做衣服了。

隨後到宿舍換上了學士服，趕出來的時候，遊行隊伍已經走宮燈路上來了。第一隊就是英文系，系主任費威廉領頭，一把黃棕色絡腮胡照在陽光底下金金的，身上罩件紅棕大寬袍，鑲著棕色緞邊，燈籠長袖直包到手腕。那袍子的厚質料，和他的高頭大馬迎著風走來，我也覺得肅然了。他開比較文學課程，講魏晉山水詩，我沒選，單是翻翻同學抄的筆記和教材，已無法忍受，那幼稚的程度，就像功夫影集裡甘貴成的參禪一樣。有一次演三藩市華僑開鐵路，一隻鋁壺在銀幕上提來提去，居然壺面鬥大兩個字寫著：水壺。費威廉說得一口國語流利，也在黑板上寫中國字，到底還是把「靈犀一點通」寫成了「一點靈丹」。但是他對中國文化真是仰慕的，我有時非常不忍心，甚至一陣子還想指點指點他，拿三三集刊，和中國筆會翻譯父親的小說給他看，熱心了一個時候。

走在最前面的是張院長，四年來還是頭一回見他。他是一個成功的生意人。樂觀、進取、積極、開明，而且實際，國內辦大學的還沒有一個像他這樣美國化，首先把「經營」的觀念帶入學府裡來。學校當做是企業來辦，只見其業務的不斷擴展，化學館、文學部大樓、航海學館、建築系館、實驗劇場、教授宿舍都是這兩三年內建成的，驚聲大道旁又新辟了花廊草坪、籃球場、網球場，松濤館的老房子現在正拆了，重蓋五層樓的女生宿舍。新近又作興學生給老師打分數，學期末都發下電腦卡來填，譬如老師的教學認真嗎，督導嚴格嗎，分數公平嗎，教材難懂嗎，填好了電腦統計出來，也算是對老師的一種考績。這可真夠企業化，差不多是學店罷了。比起來台大就真是學術的了。但是今天這般學術，沒有也罷，它的誤人子弟，恐怕更甚於企業化，因為那學術還更是徹徹底底的美國化。美國式教育，念文學的是念的研究文學的方法，歷史的是研究歷史的方法，然後以方法去對應文學、歷史，如此遂根本不能知道文學和歷史了。

台大在五十年代還能出得來一批人才，帶動了相當的風潮，到了今日則已不可能。因為現今的潮勢，是在數十年的混亂之後，全世界都在認同本土文化，這種尋根溯源的渴望，本來就是情緒成份多於感知，而台大的學生整個被方法論掩覆，其厲害的程度，甚至於情緒的能力都無法了。淡江沒有那麼學院派，有些像雜牌軍不入流，因此反而多了口人氣兒，在殘存的一點點餘裕中，竟也起來了鄉土運動。淡江比台大如果有什麼貢獻，便是這裡的Ph.D.沒有他們那麼盛產。

於是就有人起而發難，說淡江是台大的殖民地呀，現在可能夠自主了，要驅盡台大的勢力云云。我在心底好笑，如此不是氣度忒小了，我們還要回大陸呢，將來回去之後，有更大的場面要去應對，怎麼這時就禁不住一點風頭，忙著先搞起派系來了。難怪鄉土運動虎頭蛇尾，乃至後來變了質走了樣的，都是缺乏一個大的思想和情操來統攝。本來鄉土運動所掀起的熱潮，很可以乘勢利導有番作為的，可惜徒然一場喧囂而已。

三三沒能攫住這勢頭，將之導轉而為我用，此是我們氣候未足，白錯過了一次機緣，今後只有從我們自己吹出風潮來，這樣恐怕還要再等幾年。想想我們所要喚起的物件，都是今天物量主義麻痺下的知識份子，眾人的心是何其剛硬？我們的理論又是看起來最不能合現代常識的，這宣傳的工作又將何其艱難？就算我們的一生都已豁出去，也只期盼做到開風氣之先，便是天大的幸運了。

我這樣想著，心上覺得蒼涼，隱隱作痛起來。這四周的熱鬧景致我是置身其中，卻又好像與之完全無關。到底你們是你們，我是我。但我仍是和你們同生於這風日裡的，仍是一個愛穿漂亮衣裳的女孩呀。我熱淚盈眶，可是這淚水是天地的，你們無份，不能替我拭淚。

費威廉走得好遠了，才想起我忘記插進隊伍去，他們大概會繞動力工程館那裡出來，便趕快抄小路跑到鶯聲路旁等著。一會兒，遊行隊伍果然轉過來了，我揮揮手，凡凡他們看見，指著又嚷又跳，走近前便一把拖我進去。凡凡今天很漂亮，抹了胭脂和口紅，我又變得有點怕跟她四目相視，也許豔光照人會是這樣令人不敢逼視的。她卻把我頭扳過去，將帽子扶正，用夾子捺穩了，邊走邊弄原就不好搞，大家又擠著一塊兒走，風大，我的長髮都撲在她身上，兩人真是纏纏綿綿似的。我一下子不慣，覺得羞怯，也不等帽子整理好，便忽地跳開去，找別人講話了。

阿冠、潘媛、美香和阿彭都做了旗袍，罩在學士服底下看不見，只露出一截領子可以看看摸摸，有桃紅、竹青、松花、湖綠各色。其中阿彭最可愛了，個兒那麼丁點小，學士服的黑色寬袍一穿，袖擺整整長出一截來，愈發是小得可憐，真要捧在手心上好生呵護著。她男朋友楊各走在旁邊，也是小小的個子娃娃臉，兩個人好像幼稚園的小班生，人見人愛，碰了面總要取笑一番才放過。他們一對兩小無猜，叫人打心底祝福，像看童話故事，乾乾淨淨的善惡分明，大團圓，公主王子白頭偕老，老了還是那麼嬌小。

大路兩旁三堆五堆的家長看遊行，小孩見費威廉一把大鬍子很稀奇，都隨著我們隊伍跑，不斷的喊：「哈囉。哈囉。」

路邊一溜花台插著國旗，鼓動得飽飽的，我們這樣肩並肩一排人昂首走著，遠遠望見陽光下煙霧迷迷的淡海海岸，忽然一份情懷好難說。這瞬刻間依稀觸動了什麼，是來自於民族記憶的，讓人心驚，讓人思省的一種什麼，也許一種身分的覺悟罷？這襲黑冠黑袍和這場畢業遊園，該是從牛津劍橋的傳統而來，在他們，「學府青衿」這種身分真算是高貴的了，雖然到今天也不見得存在。但是我們有我們自己的，還不只是高貴而已。到底世間還是有一件東西是絕對珍貴的，那使我們覺得自己人身的貴重，眉目清揚，大學畢業生的身分，何止於僅僅做一個知識份子啊。是中國的兒女們，不論現在的教育方式如何卑瑣，師生之間如何破碎，這一刻的觸動，像電擊一樣觸著了我們的本命，本命是中華民族的胎盤，孕育了世世代代五千年，根植在每個中國人心底的極深極深處。我們從層層埃塵裡，像是看到了很久很久以前，一個中國讀書人的本色，只這剎那間的省度，頓時使得這場畢業遊園有了完全不同的風景，也令得這四年來的荒荒度日，即刻有了新的意思和位份。畢業，終於是不枉一番的了。

我望望身邊的同學們，感到滿滿的同情，想著大家這時一塊兒死了也是好的，我又何必去做什麼革命事業呢。

正想在，隊伍就到了行政大樓前，張院長登上樓去，立在陽臺上和我們揮手告別，一身暗紫紅袍子襯著雪白雕砌石欄，驪歌奏起，廣場上一片熙熙攘攘的。突然人叢裡自然辟出一條路來，轉頭一看，可不正是秦漢他嗎，也穿了學士服，狠狠把他瞧了兩眼，個子很高，也就是電影廣告上那個樣子。可惜沒看到林青霞，苔苔是後來還跟她合照了一張相片，說人很和氣，倒沒有一點明星架子。

遊行散了之後，大家便忙著互相照相，我拉著凡凡照了很多張，好去告訴家人她有多漂亮。小白老遠從永和趕來，成了我們的特約攝影師，因為凡凡文章裡寫過她，就先覺得和她無隔閡，及至見了面，容長一副觀音臉和仙枝的一樣，更覺是姊妹們了。秀玉今天特地穿上馬來西亞的傳統服飾，一襲紗籠惹得人都搶著和她拍照。那江雅琦更是不得了啦，戴著假頭髮，梳成埃及豔后式，臉上的化妝是最時興的東方神祕型，吊吊的眼梢直插入兩鬢，看得人都呆掉了，她自己有架攝影機跟著跑，另外好幾個相機也都對準她當模特兒。每個星期五一早歐史課，她開著白色轎車來，在驚聲路旁一棵相思樹底下停車，我很喜歡這個時候碰到她，返身將門一闔，那姿態，那車門砰的一聲，真是喜歡，夠我一天快樂不完。

也和賽門合照了一張，洗出來要告訴爸爸媽媽，他每學期都得第一名，從前我當他是老實孩子，不怎麼看得起，誰曉得一次餃子會裡，才領教了他有多花，又會唱歌又會吉他，笑話是素的葷的都來，苔苔說他舞也跳得好。我就喜歡這樣的男孩，會玩會讀書，而且一點不動聲色，甚至有些呆頭呆腦似的，冷不防亮出一招來，叫人還來不及驚訝，已先又喜又氣，看看這麼個陰險的人，誰還能不也起了勾引之心呢。何況他最近又寫了一篇文章，我將之演繹為「大學女生亡國論」，這樣可惡，我也不免要學樊梨花的翻山倒海，叫他來個上不著天下不著地呢。還有一個是林泰華，很有文采的，他喜歡看書可是沒有錢，只好猛逛重慶南路，在書店裡把書看完了出來。我和他總共沒說過幾句話，卻是四年來彼此一直注意著，三三諸人的文章他都念過，偶爾校園裡碰見了，不過兩三句寒暄就覺得兩人很近，很近，但我始終不曾想過和他宣傳革命大業，好像他還不是這類人，淡淡的，也許我們就這樣擦肩而過。和他一起照相，真覺得這是我們之間唯一留下的東西，照完竟然想和他說，別後多珍重，雖然沒說，可是他懂得的。

BB也從城區部來了，我一眼就看到她，穿著鵝黃色旗袍，她呀，是來生變成了灰塵我也認得的。後面跳過去嚇她一跳，回頭見是我，藍藍的低音嗔道：「你啊——」我就是禁不得她這一聲，趕緊顧左右言他，又扯出凡凡來介紹認識，胡亂說了些什麼也不知道。BB的眼神只叫我想起喬琪喬，那黑壓壓的眉毛與睫毛底下，眼睛像風吹過的旱稻田，時而露出稻子下水的青光，一閃，又暗了下去，瞧得人慌慌的，低低的。我大概和她說新寫的一篇短文裡提到她，今天回家之後就把書寄去，只看她唇角薄薄的笑道：「你啊，這輩子是怎麼也離不得我了……」唉，可不正是這句知心話嗎，扯得人心頭一動。但她現在是西北航空公司的空中小姐，已曉得斯斯文文穿裙子，會打扮了，身邊是她男朋友，在海關做事，一副討喜的長圓臉自來笑，介紹時他迷迷笑的說：「朱小姐，久仰大名。」我非常吃驚，以為聽錯了，BB的男朋友不該是這樣講話的。看著他們離去，背影在人叢裡消失，心上好酸，替她感到委屈，自己也委屈，難道女孩子長大了都是要嫁人的嗎？我但願永遠在白衣黑裙的時代，為她的一顰一笑驚心動魄，日子是痛楚而又喜悅的，人彷彿整個飽滿透明了，牽動一下，就再碎得滿地。

BB和我已不是同路人，今後我們唯有越離越遠的了。自覺到這一點，我簡直心口灼痛，不要，不要的呀，我寧可仍是四、五年前的她和我，心甘情願的只是跟隨她。可是爺爺說「同條生，不同條死」，宗教在引渡弱者，而革命是強的人才能跟上來，差一分的都要給禪棒打落了下去，從來開創天下的就有這麼嚴格。項羽便是在名駒美人上稍微猶疑了，立刻就被打落。BB，和這時代的多少人，雖然與我同條生，卻是割斷的時候就要割斷了，連至親之人都要斷。

BB的那雙眼睛，和單薄無血色的嘴唇，我想到自己的決心，一份驚痛，一份悲壯，一份惆悵。人倒是格外的溫柔下來。

如果女孩兒必得出嫁，我就嫁給今天這陽光裡的風日，再無反顧。瞧呢，這神經天氣，起頭就不安好心眼，無緣無故刮來一陣大風，把我裙子撩得老高，是何居心。其實啊，質本潔來潔還去，也只有那浩浩如天，才不屈我的終身相許。牧羊橋下的白色睡蓮開了兩朵，托在一片嫩綠浮萍上，橋底下的水沿著觀海亭流出去。流到什麼地方呢？蓮呀，你這就載著我走了罷，我原來不是這世上的，不過謊騙人間廿年，如今要嫁做東風隨水而去啦。舉目東望，大屯山呵，你且受我一拜。你今做我盟證，我這就將黑衣黑冠脫下，還給了淡江的山水。黃鶴一去不顧返，但自有那千載的白雲悠悠，我與淡江也只是風裡來日裡去，其實無情。

再見了，牧羊橋。再見了，淡江。

（選自《淡江記》。新北市：INK印刻，2008）

➲作者介紹

朱天文（1956-），臺北市人，淡江大學外文系畢業。她生於一個著名的文學家庭，其父為朱西甯（1927-1998），其母劉慕沙（1935-）。她是家中長女。1983年她將獲獎小說《小畢的故事》改編成劇本搬上銀幕，獲得了第二十屆金馬獎最佳改編劇本獎的殊榮。經由此作，與導演陳坤厚（1939-）、侯孝賢（1947-）認識，並開啟與侯孝賢的長期合作，獲得不少獎項。例如1985年創作劇本《童年往事》獲第二十二屆臺灣金馬獎最佳原著劇本獎，1995年改編劇本《好男好女》獲第三十二屆臺灣金馬獎最佳改編劇本獎，2015年創作劇本《刺客聶隱娘》入圍第五十二屆臺灣金馬獎最佳改編劇本獎。她的文學創作也備受肯定，1994年以《荒人手記》獲得第一屆時報文學百萬小說獎首獎，2008年以《巫言》獲得第二屆紅樓夢獎決審團獎。2015年獲頒美國第四屆紐曼華語文學獎，以表彰她在華語文學的傑出貢獻。

本篇〈牧羊橋．再見〉是作者二十二歲的作品。在文中，可以看出她日後的事業成就與人生抉擇的重要線索。例如她用開玩笑的筆調稱：「恐怕我就是天上文曲星下凡呢」，今日以上述朱天文的創作成就而言，視她為文曲星下凡其實不為過。又如文中以「自覺」的口吻說，「難道女孩子長大了都是要嫁人的嗎？」對照作者至今不婚的人生，不免給人一種心智早熟的印象。由此可見，這不是一篇強說愁式的畢業感言，而是值得視為思惟臺灣現代女性大學生生涯發展的重要文本。

➲問題與討論

1. 在〈車輪輾過的歲月〉中，作者展現哪些性格特點？說說你的個人興趣與就讀科系的吻合程度？你是否想轉系或轉校？
2. 你有哪些打工的經驗？你認為什麼樣的打工經歷可以讓年輕人獲得淬練的機會？你吃得了苦嗎？
3. 你對自我有何期許？對於本校辦學的目標——培育敬天愛人的精神與積極參與國際社會的移動力，你有何回應？
4. 〈六君子〉運用怎樣的敘事手法展現六位同班同學的獨特行徑？
5. 系上有哪些與眾不同的學生？請描述他們的價值偏好與你之間有何差異？
6. 〈牧羊橋．再見〉的作者認為她就讀的大學是間學店，你認同她的觀點嗎？你認為文藻的辦學成效該給什麼樣的評價？
7. 〈牧羊橋．再見〉的作者透過校園景色對其大學生活進行全景式的回顧。你認為畢業後，文藻校園最值得懷念的地方是何處？
8. 想一想，文藻人有哪些特質？

➲寫作引導

就知識人而言，大學四年位於人生的菁華時段。它是改變自己，邁向成功的關鍵期。這段期間，任何虛擲光陰的作為都不具有正當性。透過日記寫作，不僅可以幫助我們自我覺察和自我統整，也可使思緒朝總體性的視角看待人生的機遇。本單元的寫作項目「我的大學生日記」旨在記錄每位同學一天之中理性與感性的作為，一連七天。這七天中，亦須載明校園景致的變化以及有哪些人事物令你心動？是否做了利他的事情？遇到什麼令人煩惱的人與事？寫完之後，將日記主人的名字改為張忠謀、林懷民，或是其他令你欣賞的正面人物。然後對每一篇日記（100-150字）下一個註腳（50字以內）。這些註腳須嘗試與這些成功人士的事蹟相連結。如此一來，人生不管多少波瀾，多少蜿蜒，順逆與否都會成為你的人生風景。重點是：活在當下，快樂前行。

➲講授內容

大學生身影的書寫重點。

➲活動與作業

「我的大學生日記」寫作：

1. 題目自訂，日記字數1050-1400字。
2. 配合「寫作引導」。先列出個人課表及打工時段，再依日期先後略述在校七天的大學生日記。每天100-150字。
3. 皆以第一人稱的口吻敘述。
4. 寫完日記後，將日記主人的名字改為令你欣賞的人物。然後對每一篇日記下一個註腳。這些註腳須以第三人稱的口吻敘述。文末給自己一段勵志的話。

➲延伸閱讀

1. 張鳳（2006）。《一頭栽進哈佛》，臺北：九歌。
2. 范雲（2007）。〈那個黃昏，第一次聽到美麗島的歌聲〉，載於《九十六年散文選》。臺北：九歌。
3. 林幸謙（2007）。〈知識版圖上的異鄉學人〉，載於《九十六年散文選》。臺北：九歌。
4. 李村（2013）。《世風士像》。北京：三聯書店。
5. 李雪莉（2014）。〈哈佛面試官：台灣要發光，先改變媽寶社會〉，《天下雜誌》550期。

➲相關影片

1. 布萊恩・葛瑟等（監製）、朗・霍華（導演）（2001）。《美麗境界》（A Beautiful Mind）。美國。

   ——本片描述1994年諾貝爾經濟獎得主約翰・奈許（John Nash, 1928-2015）在大學校園追求原創理論的過程。他的非凡成就來自對原創的執著。
2. 韓三平等（監製）、陳可辛（導演）（2013）。《海闊天空》。香港：中國電影股份有限公司等。

   ——三位燕京大學好友，在求學與創業之路相互扶持。他們的事業最終在美國股市上市。本片改編自真人真事。
3. 邱普拉（監製）、拉庫馬・希拉尼（導演）（2009）。《三個傻瓜》（3 Idiots）。印度。

——三個不願被成績束縛的印度大學生，為了追求實現自我的機會，勇敢打破社會框架的限制。